어린 왕자

레옹 베르트에게

이 책을 어른에게 바친 데 대해 아이들에게 용서를 구한다. 내게는 진지한 이유가 있다. 이 어른은 이 세상에서 나의 가장 좋은 친구이다. 내게는 또 다른 이유가 있다. 이 어른은 모든 것을, 심지어 아이들을 위한 책까지도 이해할 수 있다. 세 번째 이유도 있다. 이 어른은 지금 배고픔과 추위에 시달리면서 프랑스에 살고 있다. 그에게는 정말로 위안이 필요하다. 이 모든 변명으로 충분하지 않다면 옛날 어른이 되기 전 어린아이였던 그에게 이 책을 바치고 싶다. 어른들도 다 처음에는 어린아이였다. (하지만 그걸 기억하는 어른은 별로 없다.) 따라서 내 헌사를 다음과 같이 고친다.

어린아이였을 때의 레옹 베르트에게

일러두기

- 이 책은 Antonie de Saint-Exupéry 『*Le Petit Prince*』(Edition Gallimard, 1946)를 참고했습니다.
- 이 작품은 원작을 완역했습니다.

Le Petit Prince

어린 왕자

앙투안 드 생텍쥐페리 지음

살림

어린 왕자 차례

제1장

내가 여섯 살이었을 때 한 번인가 『체험기』라는 제목의 처녀 림에 관한 책에서 멋진 그림을 본 적이 있었다. 맹수를 삼키고 있는 보아뱀을 보여주는 그림이었다. 위의 그림은 그 그림을 베낀 것이다.

책에는 이렇게 적혀 있었다.

'보아 구렁이는 먹이를 씹지도 않고 통째로 삼킨다. 그런 후 더 이상 꼼짝할 수 없게 되어, 여섯 달 동안 잠을 자면서 먹이 를 소화한다.'

그때 나는 정글의 모험에 대해 깊은 생각에 잠겼고 이번에 는 내가 색연필로 내 첫 번째 그림을 그리는 데 성공했다. 나의

제1호 그림이었다. 그 그림은 다음과 같다.

나는 내 걸작을 어른들에게 보여주며 내 그림이 무섭지 않느냐고 물어보았다.

어른들은 내게 대답했다. "모자가 뭐가 무섭겠니?"

내 그림은 모자를 나타내는 게 아니었다. 그것은 코끼리를 소화하고 있는 보아뱀을 나타낸 것이었다. 그래서 나는 어른들이 이해할 수 있도록 보아뱀의 속을 그렸다. 어른들에게는 늘 설명이 필요한 법이다. 내 제2호 그림은 다음과 같다.

어른들은 내게 속이 보이거나 보이지 않는 보아뱀 그림 따위는 집어치우고 그 대신 지리, 역사, 산수, 문법에 관심을 가지라고 충고했다. 그렇게 해서 나는 여섯 살 때 화가라는 멋진 직업을 포기했다. 나의 제1호 그림과 제2호 그림의 실패로 낙담했던 것이다. 어른들은 절대로 혼자서는 아무것도 이해하지 못한다. 그들에게 언제나 설명을 해줘야만 한다는 건 아이들로서는 피곤한 노릇이다.

그래서 나는 다른 직업을 택해야 했고 비행기 조종을 배웠다. 나는 제법 세상을 두루 비행했다. 그리고 지리가 정말로 큰 도움이 되었다. 나는 중국과 애리조나를 한눈에 구별할 수 있었다. 밤에 길이라도 잃게 된다면 그건 아주 유용하다.

그리하여 나는 살아오는 동안 수많은 진지한 사람들과 수없이 만났다. 어른들과 많이 어울리며 살아온 것이다. 나는 어른들을 아주 가까이서 보았다. 그렇지만 어른들에 대한 내 견해가 별로 나아지지는 않았다.

나는 조금이라도 총명해 보이는 사람을 만나면 늘 지니고 다

니던 나의 제1호 그림으로 그를 시험해 보았다. 그가 정말로 이해력이 있는 사람인지 실험해보고 싶었던 것이다. 하지만 그들은 늘 "그건 모자네"라고 대답했다. 그러면 나는 그에게 보아뱀에 대해서도, 처녀림에 대해서도, 별에 대해서도 이야기하지 않았다. 나는 나를 그에게 맞추었다. 나는 그에게 브리지 게임이나, 골프, 정치, 그리고 넥타이에 대해 이야기했다. 그러면 그어른은 매우 지각 있는 사람과 사귀게 되었다며 흐뭇해했다.

제2장

그렇게 나는, 진정한 이야기를 나눌 상대 없이 홀로 살았다. 여섯 해 전에 사하라 사막에서 비행기 고장 사고를 겪을 때까지 말이다. 비행기 엔진 어딘가 고장이 난 것이다. 내게는 정비사도 승객도 없었기에 오로지 혼자서 그 어려운 수리를 해낼 각오를 해야만 했다. 그건 내게는 죽느냐 사느냐의 문제였다. 내게는 겨우 일주일 치 마실 물밖에는 없었다.

첫날 저녁 나는 사람들이 사는 곳으로부터 수천 마일 떨어진 사막 위에서 잠이 들었다. 나는 대양 한복판에 떠 있는 뗏목 위의 난파선 선원보다 더 고립되어 있었다. 그러니 여러분, 동이 틀 무렵 어떤 이상한 어린 목소리가 나를 깨웠을 때 내가 얼마나 놀랐는지 한번 상상해보라. 그 목소리는 이렇게 말하고 있

었다.

"저…… 양 한 마리만 그려줘요!"

"뭐!"

"양 한 마리만 그려줘……."

나는 벼락에라도 맞은 것처럼 기겁해서 벌떡 일어났다. 나는 두 눈을 비비고 똑바로 바라보았다. 그러자 나를 심각하게 바라보고 있는 아주 이상한 꼬마의 모습이 보였다. 이것이 훗날 내가 성공한 가장 잘 그린 초상화이다.

하지만 물론 내 그림은 실제 모델보다 훨씬 매력적이지 못하다. 그건 내 잘못이 아니다. 나는 여섯 살 때 어른들에 의해 화가로 나아갈 길이 좌절되었고 속이 보이지 않는 보아뱀과 속이 보이는 보아뱀 외에는 아무것도 그리는 법을 배우지 않았다.

나는 너무 놀라서 눈이 휘둥그레진 채 이 놀라운 출현을 바라보았다. 내가 사람들이 사는 데서 수천 마일 떨어져 있었다는 사실을 잊지 마라. 그런데 나의 이 꼬마는 길을 잃은 것 같지도 않았고 피곤한 것 같지도 않았으며 배가 고프거나 목말라하는 것 같지도 않았고 겁에 질려 있는 것 같지도 않았다. 그에게는 사막 한가운데서 길을 잃은 아이의 모습이라고는 전혀 찾아볼 수 없었다. 겨우 말문이 트인 내가 그에게 말했다.

"그런데…… 너, 여기서 뭘 하고 있는 거니?"

그러자 그는 아주 진지한 문제라도 되는 듯 아주 천천히 되풀이 말했다.

"저기…… 양 한 마리만 그려줘요……."

너무 엄청나게 신비스러운 일을 당하면 감히 거역하기가 어려운 법이다. 사람들이 사는 곳으로부터 수천 마일 떨어진 곳에서, 그것도 죽음의 위협에 놓인 상황에서 터무니없는 짓으로 여겨졌지만 나는 주머니에서 종이와 만년필을 꺼냈다. 그런데 그때 내가 주로 지리, 역사, 산수, 문법을 배웠다는 사실이 떠올랐고 나는 꼬마에게(약간 퉁명스럽게) 그림을 그릴 줄 모른다고 말했다. 그가 내게 대답했다.

"괜찮아. 양 한 마리만 그려줘."

양을 그려본 적이 없었기에 나는 내가 그릴 줄 아는 두 그

림 중 하나를 그에게 그려주었다. 속이 보이지 않는 보아뱀 그림이었다. 그런데 나는 꼬마의 대답을 듣고 기겁할 수밖에 없었다.

"아냐, 아냐, 보아뱀 배 속

의 코끼리는 싫어. 보아뱀은 너무 위험해. 그리고 코끼리는 너무 거추장스러워. 내가 사는 데는 아주 작거든. 나는 양을 갖고 싶어. 양을 그려줘."

나는 그림을 그렸다.

그는 주의 깊게 그림을 들여다보더니 말했다.

"싫어! 이 양은 벌써 너무 병들었어. 다른 걸 그려줘."

나는 그림을 그렸다.

내 친구는 너그럽게 귀여운 웃음을 지었다.

"아이, 참…… 이건 양이 아니야. 숫양이야. 뿔이 있잖아……."

나는 다시 그림을 그렸다.

하지만 그것도 앞의 그림들처럼 퇴짜를 맞았다.

"이건 너무 늙었어. 오래 살 수 있는 양을 원해."

나는 서둘러 엔진을 분해해야만 했

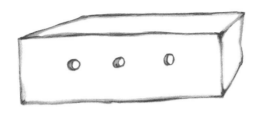

기에 더 이상 참지 못하고 아무렇게나 그림을 쓱 그려서 그에
게 던져주며 말했다.

"자, 여기 상자가 있다. 네가 갖고 싶어 하는 양은 그 안에 들
어있다."

그런데 나는 나의 어린 심판관의 얼굴이 환하게 밝아오는 것
을 보고 깜짝 놀랐다.

"내가 원하던 게 바로 이거야! 이 양에게 풀이 많이 필요할
까?"

"그건 왜?"

"내가 사는 데는 너무 작아서……."

"분명히 충분할 거야. 네게 아주 작은 양을 주었거든."

그가 그림 위로 고개를 숙였다.

"뭐, 그렇게 작지도 않은데…… 이것 봐! 잠들었어……."

이렇게 해서 나는 어린 왕자와 사귀게 되었다.

제3장

그가 어디서 왔는지 알기까지는 오랜 시간이 걸렸다. 어린 왕자는 내게 많은 질문을 했지만 내 질문에는 전혀 귀를 기울이는 것 같지 않았다. 내가 조금씩, 조금씩 모든 것을 알게 된 것은 우연히 그의 입에서 나온 말들을 통해서였다. 예컨대 그는 내 비행기를 처음 보자(나는 비행기를 그리지 않겠다. 내게는 너무 복잡한 그림이기 때문이다.) 내게 이렇게 물었다.

"이 물건은 도대체 뭐야?"

"이건 물건이 아니야. 이건 날아다녀. 비행기란다. 내 비행기지."

나는 그에게 내가 날아다닌다는 것을 알려줄 수 있어서 우쭐했다. 그러자 그가 외쳤다.

"뭐라고! 그럼 아저씨는 하늘에서 떨어진 거야!"

"그럼." 나는 겸손을 떨며 대답했다.

"야, 그것참 재미있네……."

그리고 어린 왕자는 아주 귀엽게 웃음을 터뜨렸고 나는 몹시 화가 났다. 나는 내 불행이 심각하게 받아들여지기를 바랐다.

그가 덧붙여 말했다.

"그럼, 아저씨도 하늘에서 온 거야! 어떤 별에서 왔어?"

나는 그의 신비스러운 출현에 흘낏 한 줄기 서광이 비치는 것을 느끼고 황급히 물었다.

"그렇다면 너는 다른 별에서 온 거니?"

하지만 그는 대답하지 않았다. 그는 내 비행기를 바라보며 천천히 고개를 끄덕였다.

"하긴, 저런 걸 타고는 별로 먼 곳에서 올 수도 없었을 거야……."

이어서 그는 오랫동안 몽상에 잠겨 있었다. 그런 후 그는 주머니에서 내가 그려준 양을 꺼내더니 그 보물에 푹 빠져들었다.

여러분은 이 '다른 별들'이라는 반쯤 드러난 비밀에 대해 내가 얼마나 호기심을 느꼈을지 상상할 수 있을 것이다. 나는 당연히 더 자세히 알아보려고 애썼다.

"꼬마야, 너 어디서 온 거니? '네가 사는 곳'이란 데가 어디야? 내가 준 양을 어디로 데려가려는 거니?"

그는 잠시 말없이 생각에 잠겼다가 대답했다.

"아저씨가 상자를 주어서 참 잘 됐어. 밤이면 양의 집으로 쓸 수 있으니까."

"물론이지. 네가 얌전히 굴면 낮에 양을 묶어둘 줄도 줄게. 그리고 말뚝도."

내 제안에 어린 왕자는 충격을 받은 것 같았다.

"양을 묶어 둔다고? 정말 이상한 생각이네."

"하지만 묶어두지 않으면 아무 데나 가버릴걸. 그리고 길을 잃을 거야."

그러자 나의 친구가 다시 웃음을 터뜨렸다.

"아니, 어디로 간다는 거야?"

"어디든. 앞으로 곧장 가든지……."

그러자 어린 왕자가 심각하게 지적했다.

"상관없어. 내가 사는 데는 아주 작거든."

그는 어딘지 약간 쓸쓸한 목소리로 덧붙였다.

"앞으로 곧장 가봐야 그렇게 멀리 갈 수도 없는데……."

제4장

이렇게 해서 나는 아주 중요한 두 번째 사실을 알게 되었다. 그의 고향 별이 겨우 집 한 채보다 클까 말까 하다는 것!

나는 그 사실에 별로 놀라지 않았다. 지구, 목성, 화성, 금성 등 이름이 붙어 있는 큰 별들 외에도 때로는 너무 작아서 망원경으로도 보기 어려운 작은 별들이 수백 개도 더 있다는 것을 나는 알고 있었기 때문이다. 어떤 천문학자가 그런 별을 하나 발견하면 이름 대신에 번호를 붙인다. 예를 들어 그 별을 '소행성 3251호'라고 부르는 것이다.

나는 어린 왕자가 온 별이 소행성 B612라고 믿을 만한 상당한 근거를 갖고 있다. 이 별은 1909년 터키의 한 천문학자에 의해 딱 한 번 관찰되었다.

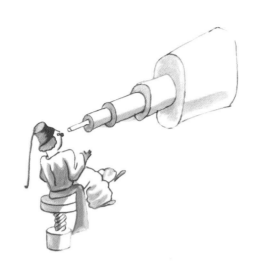

그는 국제 천문학회에서 자신이 발견한 것을 거창하게 증명했다. 하지만 그의 복장 때문에 아무도 그를 믿지 않았다. 어른들이란 그런 법이다.

다행스럽게도 어느 터키 독재자가 유럽식으로 옷을 입지 않으면 사형에 처한다고 국민에게 강제 명령을 내렸다. 소행성 B612의 명성을 위해서 그 천문학자는 1920년 아주 우아한 옷을 입고 다시 증명을 해 보였다. 그리고 이번에는 모든 사람이 그의 의견을 받아들였다.

내가 소행성 B612에 대해 이런 상세한 이야기를 털어놓고 그 번호까지 밝히는 것은 어른들 때문이다. 어른들은 숫자를 좋아한다. 여러분이 어른들에게 새 친구를 사귀었다고 말하면 어른들은 중요한 것은 절대로 묻지 않는다. 그들은 "그 애 목소리는 어떠니? 그 애는 무슨 놀이를 좋아하니? 그 애는 나비를 수집하니?"라고 묻지 않는다. 대신 그들은 이렇게 묻는다. "개

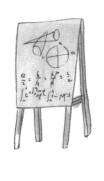

몇 살이니? 형제가 몇이니? 몸무게가 얼마니? 아버지가 얼마를 버니?" 그래야만 그들은 그를 알게 되었다고 믿는다. 만일 여러분이 어른들에게 "장밋빛 벽돌로 지은 아름다운 집을 보았어요. 창가에 제라늄이 피어 있고 지붕에는 비둘기가 있어요……"라고 말하면 그들은 그 집을 머리에 떠올리지 못한다. 그들에게는 "10만 프랑짜리 집을 봤어요"라고 말해야 한다. 그제야 그들은 외친다. "정말 멋진 집이로구나!"

그러니 만일 여러분이 어른들에게 "어린 왕자가 실제로 존재했다

는 증거는 그가 매혹적이었으며 그가 웃었고 양을 원했다는 것, 바로 그것이다. 누군가 양을 원했다면 그것은 그가 존재했다는 증거이다"라고 말한다면 그들은 어깨를 으쓱하며 여러분을 어린애 취급할 것이다! 하지만 만일 여러분이 "그는 소행성 B612로부터 왔다"라고 말한다면 그들은 납득하면서 더 이상 질문 따위로 여러분을 성가시게 만들지 않을 것이다. 어른들이란 그런 법이다. 그들을 원망해서는 안 된다. 아이들은 어른들에게 너그러워야 한다.

하지만, 물론, 삶을 이해하고 있는 우리는 숫자를 한껏 비웃는다! 나는 이 이야기를 옛날 이야기식으로 시작하고 싶었다. 나는 이렇게 이야기하고 싶었다.

"옛날 옛적에 자기 몸보다 클까 말까 한 별에 어린 왕자가 살고 있었습니다. 어린 왕자는 친구를 갖고 싶어서……." 삶을 이해하는 사람들에게는 그게 훨씬 더 사실적으로 보였을 것이다.

사람들이 내 책을 가볍게 읽어치우는 게 싫어서 하는 소리다. 지금 그 추억에 대해 이야기하려니 너무나 슬프다. 내 친구가 양과 함께 떠나간 지도 6년이 지났다. 내가 여기서 그를 묘사하려고 애쓰는 것은 그를 잊지 않기 위해서이다. 친구를 잊는다는 건 슬픈 일이다. 모든 사람에게 다 친구가 있는 것은 아니다. 그리고 나도 숫자에만 흥미를 느끼는 어른처럼 되어버렸는지도 모른다. 내가 그림물감 한 통과 연필을 산 것은 그 때문이다. 여섯 살 때 속이 보이지 않는 보아뱀과 속이 보이는 보아뱀을 그려본 것 외에는 결코 다른 시도를 해본 적이 없는 내가, 이 나이에 다시 그림을 시작한다는 것은 얼마나 힘든 일인지! 물론 나는 가능한 한 실물과 닮은 초상을 그리려고 애를 쓸 것이다. 하지만 성공할 수 있을지는 정말 자신할 수 없다. 어떤 그림은 그럴듯하지만 다른 건 영 딴판이다. 어린 왕자의 키에서도 실수를 저질렀다. 어디서는 어린 왕자의 키가 너무 크다. 또 어디서는 너무 작다. 나는 옷 색깔에서도 망설였다. 나는 이렇게 저렇게 망설이면서 더듬더듬 그럭저럭 애를 써본다. 아마 보다 중요한 디테일에서 실수를 범할지도 모른다. 하지만 그러더라도 나를 용서해주어야 한다. 내 친구는 절대로 설명을 해주지 않았다. 아마 나를 자기와 닮은 것으로 착각했던 것 같다. 하지만 불행히도 나는 상자 속의 양을 볼 줄 모른다. 나는 아마도 얼마쯤은 어른이 되어 버린 것인지 모른다. 나는 늙어버렸을지도 모른다.

제5장

나는 그의 별과 출발과 여행에 대해 매일 무언가를 알게 되었다. 이런저런 생각 도중에 아주 서서히 이루어진 일이었다. 그런 식으로 나는 사흘째 되는 날 바오바브나무의 비극에 대해 알게 되었다.

이번에도 역시 양 덕분이었다. 어린 왕자가 마치 심각한 의혹에 사로잡힌 듯 불쑥 내게 물었던 것이다.

"양이 작은 나무들을 먹는다는 게 사실이지, 그렇지?"

"맞아, 사실이야."

"아, 잘됐네."

나는 양이 작은 관목들을 먹고 안 먹고가 왜 그렇게 중요하다는 것인지 이해할 수 없었다. 그런데 어린 왕자가 덧붙였다.

"그렇다면 바오바브나무도 먹겠네."

나는 어린 왕자에게 바오바브나무는 작은 나무가 아니라고, 교회처럼 큰 나무이며 한 떼의 코끼리를 데리고 가더라도 한 그루의 바오바브나무를 먹어치우지 못할 것이라고 말했다.

코끼리 떼라는 생각에 어린 왕자는 웃었다.

"그렇다면 그들을 한 마리씩 포개놓아야겠네……."

하지만 그는 곧 슬기롭게 지적했다.

"바오바브나무도 자라기 전에는 작은 데서부터 시작하잖아."

"맞아! 그런데 어린 양이 왜 어린 바오바브나무를 먹기를 바라는 거니?"

그는 내게 마치 너무나 자명한 문제라는 듯 대답했다.

"아이, 참! 그거야!" 나는 이 문제를 나 혼자 풀기 위해 온통 머리를 쥐어짜야 했다.

실제로 어린 왕자의 별에는 다른 모든 별에서와 마찬가지로 좋은 풀들과 나쁜 풀들이 있었다. 따라서 좋은 풀의 좋은 씨앗이 있었고 나쁜 풀의 나쁜 씨앗이 있었다. 하지만 씨앗은 눈에 보이지 않는다. 씨앗들은 그중 하나에게 이제 깨어나야겠다는 생각이 들 때까지 땅의 비밀 속에서 잠을 잔다. 그 씨앗은 기지개를 켜고 태양을 향해 연약하고 매혹적인 싹을 수줍게 내민다. 무나 장미 싹이라면 자라는 대로 내버려 두어도 된다. 하지만 나쁜 싹의 경우에는 알아차리자마자 뽑아버려야 한다. 그런데 어린 왕자의 별에는 무시무시한 싹이 있었으니…… 바로 바오바브나무 씨앗이었다. 그 별의 토양은 그 씨앗으로 오염되어 있었다. 그런데 바오바브나무는 너무 늦게 손을 쓴다면 영영

처치할 수 없게 되어버린다. 그 나무는 별 전체를 덮어버린다. 그리고 뿌리로 별에 구멍을 내버린다. 별이 너무 작은 경우, 그리고 바오바브나무가 너무 많은 경우 그것들은 별을 산산조각 내 버린다.

"그건 규율의 문제야." 어린 왕자는 나중에 내게 말했다. "아침에 세수가 끝나면 별도 공들여서 청소해 줘야 해. 바오바브나무를 장미와 구별할 수 있게 되자마자 규칙적으로 뽑아버려야 해. 어릴 때는 바오바브나무가 장미를 닮았거든. 아주 귀찮긴 하지만 쉬운 일이야."

그러던 어느 날, 그가 우리 땅의 아이들이 명심할 수 있도록 공들여 아주 아름다운 그림을 한 장 그리라고 내게 조언하면서 말했다. "걔들이 어느 날 여행을 하게 된다면 그게 도움이 될 거야. 때로는 해야 할 일을 미루더라도 별 탈이 없을 수 있어. 하지만 바오바브나무의 경우는 언제나 큰 재앙을 불러와. 나는 어느 게으름뱅이가 살고 있는 별을 알고 있어. 그가 세 그루의 작은 나무를 소홀히 했거든……."

그리하여 나는 어린 왕자의 지시에 따라 그 별을 그렸다. 나는 도덕군자 투로 말하는 것을 별로 좋아하지 않는다. 하지만 바오바브나무의 위험이 거의 알려지지 않았고 어느 소행성에

서건 한 번 일을 그르치게 되면 겪게 될 위험이 너무 크기에 이번 한 번만은 내 태도에 예외를 두고 이렇게 말하겠다. "아이들아! 바오바브나무를 조심해라!" 내가 이 그림을 그토록 공들여 그린 것은 나처럼 바오바브나무의 위험을 오랫동안 알지 못한 채 지나쳐온 내 친구들에게 그 위험에 대해 주의를 주기 위해서이다. 내가 주려는 교훈은 그 정도 수고할만한 가치가 있다. 여러분은 아마 물을지도 모른다. 이 책에는 왜 바오바브나무 그림처럼 거창한 그림이 없어요? 나는 애를 썼지만 성공하지 못했다. 내가 바오바브나무를 그릴 때는 위급한 마음에 고무되어 있었던 것이다.

제6장

아, 어린 왕자여, 나는 그렇게, 너의 쓸쓸한 작은 삶을 조금씩 알게 되었지. 너는 오랫동안 해 질 무렵의 감미로움 외에는 심심풀이 거리가 없었어. 나는 이 새로운 사실을 넷째 날 아침 네가 이렇게 말했을 때 알게 되었지.

"나는 해지는 게 정말 좋아. 해지는 걸 보러 가……."

"하지만 기다려야 해……."

"뭘 기다려?"

"해가 지기를 기다려야지."

너는 처음에는 어안이 벙벙한 표정을 짓더니 곧바로 너 자신을 비웃었지. 네가 내게 말했다.

"나는 내가 여전히 내 집에 있는 줄 알았네!"

사실이었다. 누구나 알다시피 미국에서 정오일 때 해는 프랑스에서 진다. 해가 지는 것을 보려면 1분 만에 프랑스로 갈 수 있기만 하면 된다. 그러나 불행히도 프랑스는 너무 멀리 떨어져 있다. 하지만 너의 그토록 작은 별에서는 네 작은 의자를 몇 발짝 옮기기만 해도 됐겠지. 그리고 네가 원할 때마다 석양을 바라보았겠지…….

"어느 날인가는 해가 지는 걸 마흔세 번 봤어!"

그리고 너는 잠시 후 덧붙였지.

"있잖아…… 너무 슬플 때면 해가 지는 게 보고 싶어지는 법이거든……."

"그렇다면 해지는 걸 마흔세 번 본 날 너는 그토록 슬펐던 거니?"

하지만 어린 왕자는 대답하지 않았다.

제7장

닷새째 되는 날, 여전히 양 덕분에 어린 왕자 삶의 비밀 하나가 다시 내게 드러났다. 그가 마치 오랫동안 말없이 곰곰이 생각했던 문제의 결실인 양 밑도 끝도 없이 불쑥 내게 물었다.

"양이 작은 나무를 먹는다면 꽃도 먹어?"

"양은 눈에 띄는 건 닥치는 대로 먹어."

"가시가 있는 꽃도?"

"그럼. 가시가 있는 꽃도 먹지."

"그렇다면 가시는 무슨 소용이 있는 거야?"

나는 알지 못했다. 나는 그때 너무 꽉 조인 엔진의 나사를 빼내느라 정신이 없었다. 나는 고장이 심각해 보이기 시작해서 크게 걱정하고 있었고 마실 물도 동나기 시작해서 최악의 사태를 염려할 수밖에 없었다.

"가시는 무슨 소용이 있는 거야?"

어린 왕자는 일단 한 번 질문을 던지면 절대로 포기하는 법이 없었다. 나는 나사 때문에 화가 나서 아무렇게나 대답했다.

"가시, 그건 아무짝에도 소용없어! 꽃이 공연히 심술을 부리는 거야!"

"오!"

그런데 잠시 말이 없던 그가 원한이라도 품은 듯 쏘아붙였다.

"그럴 리 없어! 꽃들은 약해. 꽃들은 순진해. 무슨 수를 써서라도 자기를 지키려고 해. 가시가 있으면 자기가 무서워 보인다고 생각하는 거야……"

나는 아무 대답도 하지 않았다. 그 순간 나는 '이놈의 나사가 여전히 빠지지 않으면 망치로 쳐서 빼내야겠다'라는 생각을 하고 있었다. 어린 왕자가 또다시 내 생각을 방해했다.

"그럼 아저씨 생각에는, 그러니까 꽃들이……"

"아냐, 아냐! 난 아무런 생각도 없어! 그냥 아무렇게나 대답한 거야. 난 지금 진지한 일을 하느라 정신이 없어."

그는 어이없다는 듯 나를 바라보았다.

"진지한 일이라고!"

그는 손가락에 새까맣게 기름을 묻히고 손에 망치를 든 채 그에게 추해 보일 수밖에 없는 물체에 몸을 기울이고 있는 나를 바라보았다.

"아저씨, 꼭 어른들처럼 말하네!"

그 말에 나는 약간 부끄러웠다. 그런데 그가 가차 없이 덧붙였다.

"아저씨는 온통 혼동하고 있어…… 온통 뒤죽박죽으로 만들고 있어!"

그는 정말로 화가 나 있었다. 그의 금빛 머리칼이 바람에 흩날렸다.

"나는 얼굴이 새빨간 어른이 살고 있는 별을 알고 있어. 그는 꽃향기를 맡은 적도 없어. 별을 바라본 적도 없어. 그 누구를 사랑해본 적도 없어. 그는 계산 외에는 아무것도 안 해. 그러고는 온종일 아저씨처럼 되풀이해. '나는 진지한 사람이다! 나는 진지한 사람이다!' 그러고는 자만심에 부풀어. 하지만 그건 사람이 아니야. 그건 버섯이야!"

"뭐, 뭐라고?"

"버섯!"

어린 왕자는 이제 분노로 얼굴이 창백해졌다.

"꽃들은 수백만 년 전부터 가시를 만들어 왔어. 그런데도 양들은 수백만 년 전부터 그 꽃들을 먹어 왔어. 그런데 꽃들이 아무 소용없는 가시를 왜 그렇게 공들여 만드는지 알아보려고 애쓰는 게 진지한 일이 아니란 말이야? 양들과 꽃들의 전쟁이 중요하지 않단 말이야? 그게 얼굴 시뻘건 뚱뚱한 어른의 덧셈보다 중요하지 않다는 거야? 그리고 내가, 이 세상에 단 하나뿐인 꽃, 내 별 외에는 그 어디에도 존재하지 않는 꽃을 알고 있다면, 그리고 어느 날 아침, 어린 양이, 자기가 무슨 짓을 하는지도 모르는 채, 그냥, 갑자기 그 꽃을 없애버릴 수도 있다면, 그게 중요한 일이 아니라는 거야!"

그는 얼굴이 새빨개진 채 말을 이었다.

"누군가 수백만 별 가운데 이 세상에 단 한 송이만 존재하는 꽃을 사랑한다면 그것만으로도 별을 바라보면서 행복할 수 있는 거야. 그는 생각할 거야. '내 꽃이 저기 어딘가에 있다……' 그런데 만일 양이 꽃을 먹어버린다면 그건, 그 사람에게는, 갑자기 모든 별이 꺼져버린 것

과 같아! 그런데 그게 중요하지 않단 말이야!"

　그는 더 이상 말을 잇지 못했다. 그는 갑자기 울음을 터뜨렸다. 날이 저물고 있었다. 나는 연장들을 내려놓았다. 나는 망치를, 나사못을, 갈증을, 그리고 죽음을 한껏 비웃었다. 하나의 별 위에, 내 행성 위에, 지구 위에, 위로해주어야 할 어린 왕자가 있었다! 나는 그를 두 팔로 안았다. 나는 그를 달래주었다. 나는 그에게 말했다. "네가 사랑하는 꽃은 위험하지 않아…… 입마개를 그려줄게. 네 양에게…… 꽃에 갑옷을 그려줄게…… 그리고……또……" 나는 무슨 말을 해야 할지 알 수 없었다. 내가 어설프게만 느껴질 뿐이었다. 어떻게 그에게 다가갈 수 있는지, 어디서 그와 다시 만날 수 있는지 알 수 없었으니…… 눈물의 나라는 그토록 신비스러웠다.

제8장

나는 곧 그 꽃에 대해 더 잘 알게 되었다. 어린 왕자의 별에는 언제나 홑꽃잎으로 장식한 소박한 꽃들만 있었다. 그 꽃들은 별로 자리를 차지하지도 않았고 그 누구도 성가시게 하지 않았다. 그 꽃들은 어느 날 아침 풀 가운데 나타났다가 저녁이면 사라졌다. 그런데 그 꽃은 어느 날 어디서 날아왔는지 모를 씨앗으로부터 싹이 텄고 어린 왕자는 다른 잔가지들과 닮지 않은 이 잔가지를 아주 가까이서 조심스럽게 살펴보았다. 새로운 종류의 바오바브나무일 수도 있었다. 그런데 그 작은 나무는 금세 성장을 멈추더니 꽃을 준비하기 시작했다. 어린 왕자는 커다란 꽃망울이 자리 잡는 것을 바라보면서 무슨 기적 같은 모습이 드러날 것처럼 느꼈다. 하지만 그 꽃은 녹색 방에 몸을 숨긴 채 제 몸을 아름답게 계속 가꾸었다. 꽃은 공들여 색을 골랐다. 꽃은 천천히 옷을 입고 꽃잎을 하나씩 하나씩 가다듬었다. 그 꽃은 개양귀비처럼 헝클어진 모습으로 나오고 싶지 않았던 것이다. 그 꽃은 아름다움이 한껏 빛을 발할 때라야 모습을 보이고 싶었다. 오, 그렇다! 그 꽃은 정말 멋쟁이였다! 그래서 그 꽃의 신비스러운 화장은 몇 날 며칠 동안 계속되었다. 그리고 드디어 어느 날 아침, 바로 동틀 그 무렵에 그 꽃은 모습을 드러냈다.

그토록 꼼꼼하게 화장을 하고 모습을 드러낸 꽃이 하품을 하며 말했다.

"아! 겨우 일어났네…… 미안해요…… 아직 이렇게 온통 헝클어진 꼴이라서……"

그러자 어린 왕자는 감탄이 나오는 것을 억누를 수가 없었다.

"오, 정말 아름다워요!"

"그렇죠?" 꽃이 부드럽게 대답했다. "게다가 해님과 함께 태어났으니까요……."

어린 왕자는 이 꽃이 별로 겸손하지 않다는 것을 금방 알아차렸다. 하지만 그 얼마나 가슴을 설

레게 하는지!

"아침 식사 시간인 것 같은데요." 꽃이 곧바로 덧붙였다. "제 생각을 좀 해주실 수 있으실지……"

너무 당황한 어린 왕자는 물뿌리개에 신선한 물을 담아와 꽃에게 대접했다.

이렇게 그 꽃은 좀 까다로운 허영심으로 어린 왕자를 곧 괴롭혔다. 예를 들어 어느 날인가 자신의 네 개의 가시에 대해 이야기하면서 꽃이 말했다.

"그것들이 발톱을 세우고 올 거예요. 호랑이들 말이에요!"

"내 별에는 호랑이가 없어요." 어린 왕자가 반박했다. "그리고 호랑이는 풀을 먹지 않아요."

"나는 풀이 아니랍니다." 꽃이 조용히 대답했다.

"미안해요……."

"나는 호랑이는 조금도 무섭지 않아요. 하지만 바람은 정말 싫어요. 바람막이 같은 건 없나요?"

'바람이 싫다니…… 식물로서는 정말 안 된 일이네.' 어린 왕자는 정말 특이하다고 생각했다. '이 꽃은 정말 까다로워…….'

"밤에는 덮개를 씌워줘요. 당신 별은 너무 추워요. 불편하기도 하고요. 내가 온 별은……"

그러나 꽃은 말을 멈추었다. 꽃은 씨앗의 형태로 왔다. 꽃이 다른 세상에 대해서 조금도 알 리가 없었다. 꽃은 그토록 순진한 거짓말을 하려다가 들킨 게 부끄러워서 어린 왕자에게 잘못을 뒤집어씌우려고 두세 번 기침을 했다.

"바람막이는요?……."

"가지러 가려 했는데 당신이 말을 걸어서……"

그녀는 어린 왕자가 가책을 느끼도록 억지로 기침을 했다.

이리하여 어린 왕자는 꽃을 사랑하고픈 선의를 갖고 있었음에도 불구하고 곧 꽃을 의심하게 되었다. 그는 아무 의미도 없는 말을 진지하게 받아들였고 그 때문에 불행해진 것이다.

"꽃의 말에 귀를 기울이지 말았어야 했어." 어느 날 그가 내게 털어놓았다. "꽃들의 말에는 귀를 기울이면 안 되는 법이야. 바라보고 향기를 맡아야 해. 내 꽃은 내 별을 향기롭게 해주었는데 나는 그걸 즐길 줄 몰랐던 거야. 내가 그토록 성가시게 여겼던 발톱 이야기에 나는 감동 했어야만 했어."

그는 계속 털어놓았다.

"나는 그때 아무것도 이해할 줄 몰랐던 거야! 나는 그 꽃을 말이 아니라 행동으로 판단해야 했어. 그 꽃은 나를 향기롭게 했고 나를 빛나게 했어. 도망가지 말았어야 했어! 그 어설픈 꾀 뒤에 숨어 있는 다정함을 알아차렸어야 했어. 꽃이란 그토록 모순되거든! 하지만 나는 너무 어려서 꽃을 사랑할 줄 몰랐던 거야."

제9장

    나는 그가 철새들의 이동을 이용해 그의 별에서 빠져나왔으리라고 생각한다. 출발하는 날 아침 그는 별을 깨끗이 정돈했다. 그는 활화산을 공들여 청소했다. 그에게는 두 개의 활화산이 있었다. 그것들은 아침 식사를 데우는 데 아주 편리했다. 그에게는 사화산도 하나 있었다. 하지만 그의 말대로 "알 수 없는 일!"이었다. 그래서 그는 사화산도 청소했다. 청소를 잘해주면 화산은 폭발하지 않고 부드럽게, 그리고 규칙적으로 타오른다. 화산 폭발은 굴뚝의 불길과 같다. 물론 지구 위에 사는 우리는 우리의 화산들을 청소하기에는 너무 작다. 그래서 화산들이 그토록 많은 말썽을 불러일으키는 것이다.

    어린 왕자는 약간 쓸쓸한 기분으로 마지막 바오바브 싹들도 뽑아냈다. 그는 다시는 돌아오지 않게 되리라고 생각했던 것이다. 그런데 그에게 그토록 익숙하던 그 일들이 그날 아침에는 더할 수 없이 다정하게 느껴졌다. 그리고 꽃에게 마지막으로 물을 주고 덮개를 씌워주려 하면서 그는 울음이 나올 것만 같았다.

"잘 있어." 그가 꽃에게 말했다.

하지만 꽃은 대답하지 않았다.

"잘 있어." 그가 다시 말했다.

꽃은 기침을 했다. 하지만 감기 때문이 아니었다.

"내가 어리석었어." 마침내 꽃이 말했다. "미안해. 행복해야 해."

그는 꽃이 비난하지 않는 것을 보고 놀랐다. 그는 유리 덮개를 공중에 든 채로 어리둥절해서 서 있었다. 꽃이 이토록 부드럽고 다정한 것을 이해할 수 없었다.

"그래, 난 너를 사랑해." 그에게 꽃이 말했다. "너는 그걸 몰랐어. 내 잘못이었어. 그런 건 하나도 중요하지 않아. 그렇지만 너도 나만큼 어리석었어. 행복해야 해…… 그 덮개는 치워버려. 이제 필요 없어."

"하지만 바람이……"

"뭐 그렇게 감기가 심한 것도 아니야…… 밤에 부는 신선한

공기는 건강에 좋아. 나는 꽃이거든."

"하지만 짐승이……"

"나비들과 친해지려면 두세 마리 애벌레는 참아줘야지. 나비들은 아주 예쁜 것 같거든. 나비들이 아니면 누가 날 찾아오겠니? 너는 멀리 있을 텐데. 커다란 짐승들 있잖아, 그것들은 하나도 무섭지 않아. 나도 발톱이 있거든."

그러면서 그녀는 순진하게 네 개의 가시를 보여주었다. 그런 후 꽃이 덧붙였다.

"그렇게 꾸물거리지 마. 성가셔. 이미 떠나기로 마음먹었잖아. 어서 가."

꽃은 자신이 우는 모습을 그에게 보이고 싶지 않았던 것이다. 그 꽃은 그토록 도도한 꽃이었다.

제10장

어린 왕자는 소행성 325, 326, 327, 328, 329와 330이 있는 지역에 있었다. 그래서 그는 우선 직업을 찾고 배움을 얻기 위해 그 별들부터 방문하기로 했다.

첫 번째 별에는 왕이 살고 있었다. 왕은 주홍빛 옷감과 흰 담비 모피로 만든 옷을 입고 아주 간소하면서도 위엄 있는 왕좌에 앉아 있었다.

"아! 저기 신하가 오는구나!" 어린 왕자의 모습을 보자 왕이 외쳤다.

그러자 어린 왕자가 의아하게 생각했다.

'나를 한 번도 본 적이 없는데 어떻게 나를 알아보는 걸까?'

모든 왕에게 이 세상은 아주 단순하다는 것을 어린 왕자는

몰랐던 것이다. 왕에게 모든 사람은 다 신하였다.

"어디, 잘 볼 수 있도록 가까이 와라." 그 누군가의 왕 노릇을 할 수 있게 되었다는 사실에 자부심을 느낀 왕이 어린 왕자에게 말했다.

어린 왕좌는 어디 앉을 곳이라도 없는지, 두 눈으로 찾아보았다. 하지만 별 전체가 화려한 담비 가죽 망토로 덮여 있었다. 그래서 그는 서 있었고 피곤해서 하품을 했다.

"왕 앞에서 하품하는 것은 예의에 반하는 짓이노라." 군주가 어린 왕자에게 말했다. "짐은 그것을 금하노라."

"하품을 참을 수가 없습니다." 어린 왕자가 몹시 당황하면서 대답했다. "오랫동안 여행한 데다 잠을 자지 못해서……"

"그렇다면" 왕이 말했다. "그대에게 하품할 것을 명하노라. 몇 년 동안 누군가 하품하는 모습을 본 적이 없도다. 하품은 내게는 신기한 것이노라. 자! 다시 하품을 하라. 명령이다."

"그렇게 말씀하시면 겁이 나서…… 더 이상 하품이 나오지를……" 어린 왕자가 얼굴이 새빨개지며 말했다.

"흠! 흠!" 왕이 대답했다. "그렇다면, 짐은…… 짐이 그대에게 명하노니 때로는 하품을 하고 때로는……"

왕이 약간 빠른 말로 얼버무렸고 화가 난 것 같았다.

왕은 기본적으로 자신의 권위를 존중받길 바라고 있기 때문이었다. 왕은 불복종을 용납하지 않았다. 그는 절대 군주였던 것이다. 하지만 그는 선량했기에 합리적인 명령들을 내렸다.

왕은 흔히 말하곤 했다.

"만일 짐이 어느 장군에게 바닷새로 변하라고 명령한다면, 그리고 장군이 그 명령에 거역한다면 그건 장군의 잘못이 아니다. 그건 짐의 잘못이다."

"앉아도 될까요?" 어린 왕자가 머뭇거리며 물었다.

"짐은 그대에게 앉기를 명하노라." 왕이 대답하며 담비 외투 한 자락을 위엄 있게 걷어 올렸다.

그런데 어린 왕자는 놀랐다. 그 별은 너무 작았다. 대체 무엇을 다스린다는 것일까?

"폐하……." 어린 왕자가 말했다. "좀 여쭤봐도 될까요……."

"짐은 그대에게 질문할 것을 명하노라." 왕이 서둘러 말했다.

"폐하…… 무엇을 다스리시는지요?"

"모든 걸." 왕은 매우 간단하게 대답했다.

"모든 걸요?"

왕은 신중한 몸짓으로 자신의 별과 다른 행성, 별들을 가리켰다.

"저걸 전부 다요?" 어린 왕자가 말했다.

"저걸 전부 다……." 왕이 대답했다.

그는 절대 군주일 뿐 아니라 우주 전체의 군주였던 것이다.

"그러면 별들이 폐하께 복종하나요?"

"물론이다." 왕이 말했다. "즉시 복종한다. 짐은 불복종을 허용하지 않느니라."

그러한 권력에 어린 왕자는 경탄했다. 만일 자기에게 그런 권력이 있다면 의자를 옮기지 않고도 하루에 마흔세 번이 아니라 일흔두 번, 아니 심지어 백 번이나 이백 번씩도 해가 지는 걸 볼 수 있었을 텐데! 그러자 자기가 버리고 온 별 생각에 좀 슬퍼져서 그는 과감하게 왕의 은총을 청했다.

"저는 해가 지는 것을 보고 싶습니다…… 저를 기쁘게 해주세요…… 해가 지도록 명령해 주세요."

"만일 짐이 어느 장군에게 나비처럼 이 꽃에서 저 꽃으로 날아다니라고 명령하거나 비극을 쓰라고, 혹은 바닷새로 변하라고 명령했는데 그 장군이 받은 명령을 이행하지 않는다면 그와 짐 중에 누가 잘못한 것이냐?"

"그야 폐하지요." 어린 왕자가 자신 있게 대답했다.

"바로 그렇다. 누구에게나 그가 할 수 있는 것을 요구해야 하느니라." 왕이 계속 말했다. "권위란 무엇보다 이성에 입각해 있어야 하는 법이니라. 만약 네가 네 백성에게 바다에 몸을 던지라고 명령한다면 그들은 혁명을 일으킬 것이다. 짐의 명령이 합리적이기 때문에 짐에게는 복종을 강요할 권리가 있는 것이니라."

"그런데 제 해넘이는요?" 일단 한번 질문을 던지면 결코 잊는 법이 없는 어린 왕자가 다시 일깨웠다.

"그대가 원하는 해넘이를 그대는 보게 될 것이다. 짐은 그것을 명령할 것이다. 하지만 짐의 통치 원칙에 따라 여건이 마련될 때까지 기다리겠노라."

"그게 언제인가요?" 어린 왕자가 물었다.

"으흠! 으흠!" 왕은 먼저 커다란 달력을 살펴보더니 대답했다. "으흠! 으흠! 그러니까, 그게…… 그게…… 오늘 저녁 7시 40분경이 되겠군! 그때가 되면 짐의 명령이 얼마나 잘 이행되는지 알게 될 것이다."

어린 왕자는 하품을 했다. 그는 해가 지는 걸 볼 수 없게 된 게 아쉬웠다. 그는 벌써 좀 지루해졌다.

"저는 여기서 더 이상 할 일이 없네요." 그가 왕에게 말했다. "떠나겠어요."

"떠나지 말아라." 신하를 한 명 갖게 된 것이 더없이 자랑스러 웠던 왕이 대꾸했다. "떠나지 말아라. 너를 대신으로 임명한다!"

"무슨 대신이요?"

"음, 그러니까…… 법무 대신!"

"하지만 재판받을 사람이 없는데요!"

"알 수 없는 일이지." 왕이 말했다. "짐은 아직 짐의 왕국을 돌아보지 못했느니라. 나는 너무 늙었거니와 마차를 놓을 자리 도 없고 걷는 건 피곤한 일이다."

"아! 하지만 제가 이미 봤어요." 어린 왕자는 그 말을 하면서 몸을 기울여 별의 다른 쪽을 흘끗 바라보았다. "저쪽에도 아무 도 없는데요……"

"그러면 너 자신을 재판하거라." 왕이 대답했다. "그게 가장 어려운 일이다. 남을 재판하는 것보다 자신을 재판하는 게 훨 씬 더 어려운 법이다. 네가 너 스스로를 제대로 재판할 수 있게 된다면 그것은 네가 진정으로 슬기로운 자임을 보여주는 것이 니라."

"저는," 어린 왕자가 대답했다. "어디에서건 저 자신을 재판 할 수 있어요. 이곳에 살 필요는 없어요."

"으흠! 으흠!" 왕이 말했다. "짐의 별 어딘가에 늙은 쥐 한 마리가 있는 게 분명하다. 밤에 소리가 들린다. 너는 그 쥐를 재판할 수 있을 것이다. 때때로 사형을 언도할 수도 있다. 그 쥐의 목숨은 네 판결에 달려있게 될 것이다. 하지만 그때마다 사면을 해주어 그 쥐를 아끼도록 해라. 한 마리밖에 없으니 말이다."

"저는," 어린 왕자가 말했다. "사형 선고 내리는 걸 좋아하지 않아요. 이제 가봐야 할 것 같아요."

"안 된다." 왕이 말했다.

어린 왕자는 떠날 준비가 다 되었지만 늙은 군주의 마음을 조금도 아프게 하고 싶지 않았다.

"만일 폐하의 명령에 어김없이 복종하는 모습을 보고 싶으시다면 제게 합리적인 명령을 내려 주세요. 예를 들어 일 분 내로 떠나라고 명령을 하실 수도 있어요. 제 생각에는 여건이 마련된 것 같은데요⋯⋯"

왕이 아무 대답이 없자 어린 왕자는 처음에는 망설이다가 이내 한숨을 내쉬며 출발했다.

그러자 왕이 다급하게 소리쳤다. "짐은 그대를 대사로 임명하노라!" 그는 위엄이 가득 서린 표정을 하고 있었다.

'어른들은 정말 이상해.' 어린 왕자는 여행 중에 속으로 생각했다.

제11장

두 번째 별에는 허영쟁이가 살고 있었다.

"아! 아! 저기 찬양자가 찾아오는구나!" 허영쟁이는 멀리서 어린 왕자의 모습을 보자마자 외쳤다. 허영쟁이에게 다른 사람들은 모두 찬양자이기 때문이었다.

"안녕하세요." 어린 왕자가 말했다. "이상한 모자를 쓰고 계시네요."

"답례를 하기 위해서란다." 허영쟁이가 말했다. "사람들이 내게 갈채를 보낼 때 답례하기 위해서지. 불행히도 단 한 명도 이곳을 지나간 적이 없었지만."

"아, 그래요?" 어린 왕자는 그렇게 말했지만 무슨 말인지 알아들을 수 없었다.

"손뼉을 마주쳐봐." 허영쟁이가 충고했다.

어린 왕자는 손뼉을 마주쳤다. 허영쟁이는 모자를 들어 올리며 겸손하게 답례했다.

'왕을 만났을 때보다 훨씬 재미있네.' 어린 왕자는 속으로 생각했다. 그는 다시 손뼉을 마주쳤다. 허영쟁이는 모자를 들어 올리며 다시 답례하기 시작했다.

5분 동안 반복하고 나니 어린 왕자는 단조로운 놀이에 싫증이 났다.

"모자가 땅에 떨어지게 하려면 어떻게 해야 하나요?" 어린 왕자가 물었다.

하지만 허영쟁이는 그의 말을 듣지 않았다. 허영쟁이의 귀에는 찬사 외에는 들리지 않는 법이다.

"너는 정말로 나를 찬양하니?" 그가 어린 왕자에게 물었다.

"찬양한다는 게 무슨 뜻이에요?"

"찬양한다는 건 내가 이 별에서 가장 잘생겼고, 옷도 가장 잘 입고 가장 부자이며 가장 머리가 좋다는 걸 인정하는 걸 의미한다."

"하지만 이 별에는 당신밖에 없잖아요."

"나를 기쁘게 해주렴. 아무튼 나를 찬양해다오."

"나는 당신을 찬양해요." 어린 왕자가 어깨를 으쓱하며 말했다. "그런데 그 말에 왜 그렇게 관심을 갖는 거지요?"

그런 후 어린 왕자는 가버렸다.

'어른들은 정말이지 너무 이상해.' 어린 왕자는 여행 중에 속으로 단지 그런 생각만 했다.

제12장

　다음 별에는 술꾼이 살고 있었다. 아주 짧은 방문이었지만 이 방문은 어린 왕자를 아주 많이 슬프게 만들었다.

　"여기서 뭐 하고 있는 거야?" 빈 병 더미와 술이 차 있는 병 더미 앞에 말없이 앉아 있는 술꾼을 보자 어린 왕자가 말했다.

　"술 마시지." 술꾼이 침울한 표정으로 말했다.

　"왜 마시는 건데?" 어린 왕자가 그에게 물었다.

　"잊어버리려고." 술꾼이 대답했다.

　"뭘 잊어버리려고?" 이미 그가 불쌍해진 어린 왕자가 물었다.

　"부끄러운 걸 잊어버리려고." 술꾼이 고개를 떨구며 대답했다.

　"뭐가 부끄러운데?" 그를 도와주고 싶어서 어린 왕자는 캐물었다.

"술 마시는 게 부끄럽지!" 술꾼은 말을 마치고는 입을 다물었다.

어린 왕자는 당황한 채 가버렸다.

'어른들은 정말이지, 너무, 너무 이상해.' 여행 중에 그는 속으로 생각했다.

제13장

네 번째 별은 사업가의 별이었다. 그는 너무 바빠서 어린 왕자가 도착했는데도 고개조차 들지 못했다.

"안녕하세요." 어린 왕자가 그에게 말했다. "담뱃불이 꺼져 있네요."

"셋 더하기 둘은 다섯. 다섯 더하기 일곱은 열둘. 열둘 더하기 셋은 열다섯. 안녕. 열다섯 더하기 일곱은 스물둘. 스물둘 더하기 여섯은 스물여덟. 담뱃불을 다시 붙일 시간도 없군. 스물여섯 더하기 다섯은 서른하나. 휴! 그러니까 오억 일백육십이만 이천칠백삼십일이 되는군."

"뭐가 오억 개라는 거예요?"

"어? 너 아직 거기 있었니? 그러니까 오억 일백만 개의……

모르겠다…… 일이 너무 많아! 나는 진지한 사람이야. 허튼소리 하며 시간을 보내지 않아! 둘 더하기 다섯은 일곱……"

"뭐가 오억 일백만 개라는 거예요?" 생전 한 번 질문을 던지면 절대로 포기해본 적이 없는 어린 왕자가 다시 물었다.

사업가가 고개를 들었다.

"내가 54년간 이 별에 살면서 딱 세 번밖에 방해를 받은 적이 없다. 첫 번째는 20년 전 어딘지 모를 곳으로부터 풍뎅이 한 마리가 날아들었을 때였다. 그놈이 하도 요란한 소리를 내는 바람에 덧셈이 네 군데나 틀렸다. 두 번째는 11년 전 류머티즘 발작이 일어났을 때였다. 나는 운동 부족이거든. 한가롭게 산책할 시간도 없어. 나는 진지한 사람이야. 세 번째는…… 바로 지금이야! 그러니까 내가 오억 일백만…… 얼마라고 했더라?"

"뭐가 억이고 백만인데요?"

사업가는 평온을 지키기는 틀렸다는 것을 깨달았다.

"하늘에서 가끔 보이는 수백만 개의 작은 것."

"파리 떼?"

"아니. 반짝이는 작은 것들."

"꿀벌?"

"아니. 게으름뱅이들을 몽상에 잠기게 하는 황금빛 작은 것

들. 하지만 나는 진지한 사람이야. 몽상 따위를 하고 있을 시간
이 없어."

"아! 별들!" "맞아. 별들."

"그런데 별들 오억 개를 갖고 아저씨는 뭘 하는데?"

"오억 일백육십이만 이천칠백삼십일 개야. 나는 진지해. 나
는 정확해."

"그런데 그 별들로 뭘 해?"

"뭘 하냐고?"

"응."

"아무것도. 난 그것들을 소유해."

"하지만 난 벌써 왕을 만났는데, 그 왕이……"

"왕들은 소유하지 않아. 왕들은 다스리지. 그건 아주 달라."

"별을 소유하면 무슨 소용이 있는데?"

"부자가 될 수 있지."

"부자가 되면 무슨 소용이 있는데?"

"다른 별들을 살 수 있지. 누군가 별을 발견하면 말이야."

'이 사람도 내가 만난 술꾼하고 비슷한 식으로 이야기를 하네'라고 어린 왕자는 속으로 생각했다.

그렇지만 그는 질문을 계속했다.

"어떻게 해야 별들을 소유할 수 있는 건데?"

"별들이 누구 거냐?" 사업가가 퉁명스럽게 되물었다.

"몰라. 누구 것도 아니겠지."

"그렇다면 내 거야. 내가 그런 생각을 처음으로 했으니까."

"그걸로 다 된 거야?"

"물론이지. 네가 임자 없는 다이아몬드를 발견하면 그건 네 거야. 네가 임자 없는 섬을 발견하면 그 섬은 네 거야. 네가 그 무언가를 제일 먼저 생각하면 너는 특허를 낼 수 있어. 네 것이 되는 거지. 그리고 별은 내 거야. 누구도 나보다 먼저 별들을 소유하겠다는 생각을 하지 않았으니까.”

“그렇긴 하네.” 어린 왕자가 말했다. “그렇지만 그걸로 뭘 하는데?”

“그것들을 관리하지. 세고 또 세는 거야” 사업가가 말했다. “그건 어려운 일이야. 하지만 나는 진지한 사람이니까!”

어린 왕자는 아직 흡족하지 않았다.

“내게 머플러가 하나 있다면 나는 그걸 내 목에 두른 채 갖고 다닐 수 있어. 만일 꽃을 소유했다면 나는 내 꽃을 따서 가지고 다닐 수 있어. 하지만 아저씨는 별을 딸 수 없잖아!”

“못 따지. 하지만 그걸 은행에 넣어둘 수 있어.”

“그게 무슨 뜻이야?”

“작은 종이에 별들의 숫자를 적어두는걸 뜻하지. 그런 다음 그 종이를 서랍에 넣고 자물쇠를 채워두는 거야.”

“그게 다야?”

“그럼, 그걸로 충분하지.”

‘그거 재미있네’라고 어린 왕자는 생각했다. ‘꽤 시적이야. 하지만 별로 진지하지는 않아.’

어린 왕자는 진지한 일이라는 것에 대해서 어른들과는 아주 다른 생각을 갖고 있었다.

"나는" 그가 계속 말했다. "나는 꽃을 하나 소유하고 있고 그 꽃에게 매일 물을 줘. 나는 세 개의 화산을 소유하고 있고 그것들을 매일 청소해 줘. 사화산도 청소를 해줘야 하니까. 알 수 없는 노릇이잖아. 내가 그것들을 소유하고 있다는 건 화산에도 유익하고 꽃에게도 유익해. 하지만 아저씨는 별들에게 이로울 게 하나도 없어……."

사업가는 입을 열었지만 대답할 말을 한마디도 찾지 못했고 어린 왕자는 가버렸다.

'어른들은 정말이지, 너무나 이상해'라고 어린 왕자는 여행을 계속하며 단지 그 생각만 했다.

제14장

다섯 번째 별은 매우 흥미로웠다. 모든 별 중에서도 가장 작은 별이었다. 그곳은 겨우 가로등 하나와 가로등에 불을 붙이는 점등사 한 명이 들어설 만한 자리밖에 없었다. 어린 왕자는 하늘 어딘가, 집도 없고 사는 사람도 없는 어느 별 위에 가로등과 점등사가 무슨 소용이 있는 것인지 이해할 수 없었다. 하지만 그는 생각했다.

'어쩌면 이 사람도 터무니없는 사람일 거야. 하지만 왕이나 허영쟁이, 사업가나 술꾼만큼 터무니없진 않아. 최소한 그가 하는 일에는 의미가 있어. 그가 가로등에 불을 붙일 때는 마치 별이나 꽃을 하나 더 태어나게 하는 것과 같아. 그가 가로등 불을 끄는 건 꽃이나 별을 잠재우는 거지. 재미있는 직업이야. 재

미가 있으니까 정말 유익한 거지.'

별에 도착하자 어린 왕자는 점등사에게 깍듯이 인사했다.

"안녕, 왜 방금 가로등을 끈 거야?"

"명령이니까." 점등사가 대답했다. "좋은 아침!"

"명령이 뭐야?"

"가로등을 *끄*라는 거야. 좋은 저녁!"

그는 다시 가로등을 켰다.

"왜 다시 가로등을 켠 거야?"

"명령이니까." 점등사가 대답했다.

"이해할 수가 없네." 어린 왕자가 말했다.

"이해고 뭐고 없어." 점등사가 말했다. "명령은 명령이니까. 좋은 아침."

그리고 그는 다시 가로등을 껐다.

이어서 그는 붉은 격자무늬 손수건을 꺼내어 이마의 땀을 닦았다.

"나는 아주 끔찍한 일을 하고 있어. 옛날에는 합리적이었지. 아침에 불을 *끄*고 저녁에 불을 켰거든. 나머지 낮 동안에는 쉬고 나머지 밤 동안에는 잠을 잘 수 있었는데……"

"그런데 그 뒤로 명령이 바뀐 거야?"

"명령은 바뀌지 않았어." 점등사가 말했다. "바로 거기에 비극이 있는 거야! 해가 갈수록 별이 점점 더 빨리 도는데 명령은 바뀌지 않았으니!"

"그래서?" 어린 왕자가 물었다.

"이제 일 분에 한 바퀴씩 도니까 단 일 초도 쉴 시간이 없어. 일 분에 한 번씩 켰다 껐다 하는 거야."

"그거 재밌다! 아저씨 별에서는 하루가 일 분이라니!"

"재미있을 것 하나도 없어." 점등사가 말했다. "우리가 함께 이야기를 나눈 지 벌써 한 달이 됐다."

"한 달?"

"그래. 30분. 그러니까 한 달이지! 좋은 저녁!"

이어서 그는 다시 가로등을 켰다.

어린 왕자는 그를 바라보았다. 그리고 명령에 이토록 충실한 점등사를 좋아하게 되었다. 그는 옛날에 의자를 끌어당겨 해가 지는 것을 바라보곤 했던 것이 생각났다. 그는 친구를 도와주고 싶었다.

"있잖아…… 아저씨가 원할 때 쉴 수 있는 방법을 내가 알고 있어."

"그랬으면 좋겠다." 점등사가 말했다.

"누구든 충실하면서 동시에 게으를 수 있는 법이다."

어린 왕자가 계속 말했다.

"아저씨 별은 아주 작아서 세 걸음만 걸으면 한 바퀴를 돌 수 있어. 언제나 해가 떠 있게 하려면 아주 천천히 걷기만 하면 돼. 쉬고 싶을 때면 걸으면 되는 거지…… 그러면 아저씨가 원하는 만큼 낮이 계속될 거야."

"그건 내게 별로 도움이 안 돼." 점등사가 말했다. "내가 평생에 원하는 건 잠자는 거야."

"안 됐네." 어린 왕자가 말했다.

"안 된 일이지." 점등사가 말했다. "좋은 아침."

그런 후 그는 가로등 불을 껐다.

어린 왕자는 더 멀리 여행을 떠나면서 생각했다.

'저 사람은 다른 모든 이들, 왕이나 허영쟁이, 술꾼, 사업가에게 멸시를 받을지도 몰라. 하지만 저 사람은 우스꽝스럽지 않은 유일한 사람이야. 아마 자기 자신이 아닌 다른 것에 전념하고 있기 때문일 거야.'

그는 아쉬움의 한숨을 내쉬며 생각을 이어나갔다.

'저 사람은 내가 친구 삼고 싶은 유일한 사람이야. 하지만 저 사람 별은 너무 작아. 두 사람이 있을 만한 공간이 없으니……'

어린 왕자가 감히 털어놓지는 못했지만 그가 그 축복받은 별을 그토록 아쉬워한 것은 무엇보다도 하루 24시간 동안 1,440번이나 해가 지기 때문이었다.

제15장

여섯 번째 별은 열 배나 컸다. 그 별에는 방대한 책을 쓰고 있는 노신사가 살고 있었다.

"옳지! 탐험가가 한 명 나타났구나!" 어린 왕자의 모습을 알아보자 그가 외쳤다.

어린 왕자는 탁자 앞에 앉으며 약간 숨을 몰아쉬었다. 벌써 꽤 긴 여행을 한 것이다!

"너 어디서 오는 게냐?" 노신사가 그에게 물었다.

"이 두꺼운 책은 뭐예요?" 어린 왕자가 물었다. "여기서 뭘 하시는 거예요?"

"나는 지리학자란다." 노신사가 말했다.

"지리학자가 무슨 뜻이에요?"

"바다와 강, 그리고 도시와 산과 사막들이 어디에 있는지 알고 있는 학자를 말하지."

"야, 그거 재미있네." 어린 왕자가 말했다. "이거야 말로 진짜 직업이네!" 이어서 그는 지리학자의 별을 빙 둘러보았다. 이렇게 위엄 있는 별은 본 적이 없었다.

"당신 별은 참 아름다워요. 큰 바다들도 있나요?"

"나는 알 수가 없단다." 지리학자가 말했다.

"도시와 강과 사막은요?"

"그것도 알 수가 없단다." 지리학자가 말했다.

"아니, 지리학자라면서요!"

"맞아." 지리학자가 말했다. "하지만 나는 탐험가가 아니야. 내게는 정말이지 탐험가가 없어. 도시와 강과 산, 바다와 대양과 사막을 헤아리는 건 지리학자가 아니다. 지리학자는 나돌아다니기에는 너무 중요한 사람이거든. 그는 연구실을 떠나지 않지. 대신 거기서 탐험가들을 맞는다. 그들에게 질문하고 그들이 기억하는 걸 노트에 적지. 그들 중 누군가의 기억이 흥미로우면 지리학자는 그 탐험가의 품성을 조사하게 한다."

"그건 왜요?"

"탐험가가 거짓말이라도 하게 되면 지리학 책에 엄청난 잘

못을 저지를 수 있기 때문이야. 술을 너무 많이 마시는 탐험가도 마찬가지지."

"그건 왜요?" 어린 왕자가 물었다.

"술 취하면 뭐든 둘로 보이니까. 그렇게 되면 실제로는 산이 하나밖에 없는데 지리학자는 둘이 있다고 기록하게 돼."

"아, 형편없는 탐험가가 될 사람을 한 명 알고 있어요." 어린 왕자가 말했다.

"그럴 수도 있지. 이윽고 탐험가의 품성이 괜찮은 것으로 보이면 그가 발견한 것을 조사하게 한다."

"직접 가서 보나요?"

"아니. 그건 너무 복잡해. 대신 탐험가에게 증거를 내놓으라고 요구하지. 예컨대 큰 산을 발견했다고 하면 커다란 돌들을 가져오라고 요구하는 거야."

지리학자가 갑자기 흥분했다.

"그런데, 너, 너 멀리서 왔지! 너는 탐험가다! 어디 네 별에 대해 설명해 봐라!"

그리고 지리학자는 큰 장부를 펼치고 연필을 깎았다. 우선은 탐험가의 이야기를 연필로 적는 법이다. 그리고 탐험가가 증거를 제시할 때까지 기다렸다가 잉크로 적는다.

"자, 말해 봐라." 지리학자가 물었다.

"아! 내 별은 별로 흥미로운 게 없어요. 아주 작거든요." 어린 왕자가 말했다. "세 개의 화산이 있어요. 둘은 활화산이고 하나는 사화산이에요. 하지만 알 수 없는 일이지요."

"알 수 없는 일이지." 지리학자가 말했다.

"꽃도 한 그루 있어요."

"우리는 꽃은 적지 않는단다." 지리학자가 말했다.

"왜요! 얼마나 예쁜데요!"

"꽃들은 덧없는 것들이니까."

"'덧없다'는 게 무슨 뜻이에요?"

"지리학 책은 모든 책 가운데 가장 귀중한 책이란다." 지리학자가 말했다. "절대로 유행을 타지 않아. 산이 자리를 바꾸는 경우는 거의 없지. 대양에 물이 마르는 경우도 거의 없지. 우리는 그렇게 영원한 것을 기록한단다."

"그렇지만 사화산이 깨어날 수도 있는데요." 어린 왕자가 끼어들었다. "'덧없다'는 게 무슨 뜻이에요?"

"화산이 꺼져 있건 살아나건 우리 지리학자들에게는 마찬가지다. 우리에게 중요한 건, 그게 산이라는 거야. 산은 변하지 않아."

"그런데 '덧없다'는 게 무슨 뜻이에요?" 일단 질문을 던지면 한사코 포기하는 법이 없는 어린 왕자가 반복해 물었다.

"그건 '곧 사라질 위험에 처해있다'는 걸 뜻한다."

"내 꽃이 곧 사라질 위험에 처해 있다고요?"

"물론이지.

'내 별은 덧없구나'라고 어린 왕자는 생각했다. '그런데 이 세상과 맞서서 네 개의 가시밖에 가진 게 없어! 그런데 나는 내 별에 그 꽃을 홀로 놔두고 온 거야!'

어린 왕자가 처음으로 느낀 후회의 감정이었다. 그러나 그는 다시 용기를 냈다.

"이제 어디로 가라고 권해주시겠어요?" 어린 왕자가 지리학자에게 물었다.

"지구라는 별." 지리학자가 대답했다. "평판이 괜찮은 것 같더라……."

이어서 어린 왕자는 자기 꽃을 생각하며 길을 떠났다.

제16장

따라서 일곱 번째 별은 지구였다.

지구는 그저 만만한 별이 아니다! 그 별에는 111명의 왕(물론 흑인 왕도 포함해서)과 7,000명의 지리학자, 90만 명의 사업가, 750만 명의 술꾼, 3억 1천 100만 명의 허영쟁이, 다시 말해 거의 20억의 어른들이 있다.

지구가 얼마나 큰지 여러분에게 알려주려면 전기가 발명되기 전에는 6대 주 전체에서 46만 2,511명이나 되는 가로등 점등사를 정말로 군대처럼 유지해야 했다는 말을 해주어야 할 것 같다.

좀 떨어져서 바라보면 정말로 멋진 구경거리였다. 이 군대의 움직임은 마치 오페라의 발레단처럼 질서 정연했다. 우선 뉴질

랜드와 오스트레일리아의 가로등 점등사들의 순서가 온다. 이들이 램프에 불을 밝힌 후 잠자리에 들면 이번에는 중국과 시베리아의 점등사들이 들어와 춤을 춘다. 곧이어 그들도 무대 뒤로 사라진다. 이어서 러시아와 인도의 가로등 점등사들의 순서가 된다. 다음은 아프리카와 유럽 점등사들의 순서이다. 이어서 남아메리카, 다음이 북아메리카이다. 그들은 무대에 등장하는 순서에서 절대로 실수를 저지르는 법이 없었다. 정말 장관이었다.

오직 북극의 단 한 명뿐인 가로등 점등사와 그의 동료인 남극의 한 명의 점등사만이 한가롭고 무사태평한 삶을 살았다. 그들은 일 년에 두 번밖에 일하지 않았다.

제17장

누구나 재치를 부리려다 보면 약간 거짓말을 하게 되는 경우가 있다. 나는 가로등 점등사 이야기를 여러분에게 해주면서 별로 성실하지 못했다. 우리 별을 잘 모르는 사람들에게 우리 별에 대해 잘못된 생각을 심어줄 위험이 있는 것이다. 사람들은 지구상에서 아주 작은 자리만을 차지하고 있을 뿐이다. 만일 지구에 살고 있는 20억 명의 주민이 마치 무슨 모임에서처럼 약간 빽빽하게 서 있게 된다면 가로 20평방 마일, 세로 20평방 마일의 광장 하나에 넉넉히 들어설 수 있을 것이다. 태평양의 가장 작은 섬 하나에 인류 전체를 몰아넣을 수도 있을 것이다.

어른들은 물론 여러분의 말을 믿지 않을 것이다. 그들은 자신이 넓은 자리를 차지하고 있다고 착각하고 있다. 그들은 바오바브나무처럼 자신이 중요하다고 생각한다. 그러니 그들에게 계산을 해보라고 조언해 주는 게 낫겠다. 어른들은 숫자를 숭배하니 그게 그들 마음에 들 것이다. 하지만 여러분은 그런 하찮은 일에 시간을 낭비하지 말아라. 그건 쓸모없는 짓이다. 여러분은 나를 믿는다.

일단 지구에 내린 어린 왕자는 사람이 한 명도 보이지 않아 깜짝 놀랐다. 그는 혹시 별을 잘못 찾아온 것이 아닌지 이내 두려워졌다. 그때 무언가 달빛 색깔의 고리 같은 것이 모래 속에서 움직였다.

"안녕." 어린 왕자는 어찌 되었건 인사했다.

"안녕, 좋은 밤." 뱀이 답례했다.

"내가 어느 별에 떨어진 거야?" 어린 왕자가 물었다.

"지구야. 아프리카." 뱀이 대답했다.

"아!…… 그럼 지구에는 사람이 하나도 없나 보지?"

"여긴 사막이야. 사막에는 사람이 없어. 지구는 크단다." 뱀이 대답했다.

어린 왕자는 돌 위에 앉아 눈을 들어 하늘을 바라보았다.

"별들이 저렇게 빛나는 건" 그가 말했다. "누구나 언젠가는 자신의 별을 다시 찾을 수 있게 하기 위해서가 아닌가 싶어. 내 별을 봐. 바로 우리 위에 있어…… 하지만 얼마나 멀리 있는지!"

"아름답네." 뱀이 말했다. "여긴 뭐 하러 왔니?"

"어떤 꽃하고 문제가 있었어." 어린 왕자가 말했다.

"아!" 뱀이 말했다.

그리고 그들은 말이 없었다.

"사람들은 어디 있어?" 이윽고 어린 왕자가 다시 입을 열었다. "사막에서는 좀 외롭네……."

"사람들 사이에서도 외로워." 뱀이 말했다.

어린 왕자는 뱀을 오랫동안 바라보았다.

"너 정말 이상한 짐승이로구나." 이윽고 그가 말했다. "손가락처럼 가늘고……"

"하지만 나는 왕의 손가락보다 강해." 뱀이 말했다.

어린 왕자는 미소를 지었다.

"별로 강한 것 같지 않은데…… 다리도 없잖아…… 여행조차 할 수 없고……"

"나는 너를 배보다도 더 멀리 데려갈 수 있어." 뱀이 말했다.

뱀은 마치 금팔찌처럼 어린 왕자의 발목을 휘감았다.

"나는 누구든 내가 건드리는 것을, 그가 나온 땅으로 되돌려 보내." 뱀이 말했다. "그런데 너는 순수하고 별에서 왔으니까……"

어린 왕자는 아무 대답도 하지 않았다.

"너 참 불쌍해 보인다. 화강암으로 된 이 땅 위에서 그토록 연약하니까. 언젠가 네가 네 별이 너무 그리워지면 내가 너를 도와줄 수 있어. 나는……"

"오! 잘 알았어!" 어린 왕자가 말했다. "그런데 너는 왜 늘 수수께끼 같은 말만 하니?"

"내가 그 모든 걸 풀지." 뱀이 말했다.

그리고 둘은 말이 없었다.

제18장

　어린 왕자는 사막을 가로질렀고 오로지 꽃 한 송이만을 만났을 뿐이었다. 세 개의 꽃잎만 지닌 하찮은 꽃……

　"안녕." 어린 왕자가 말했다.

　"안녕." 꽃이 말했다.

　"사람들이 어디 있니?" 어린 왕자가 상냥하게 물었다.

　그 꽃은 어느 날인가 대상(隊商)이 지나가는 것을 본 적이 있었다.

　"사람들? 내 생각에는 예닐곱 명쯤 있는 것 같아. 몇 년 전에 본 적이 있어. 하지만 어디 가야 찾을 수 있을지는 몰라. 바람이 그들을 몰고 다니거든. 그들은 뿌리가 없어. 그러니 정말 불편할 거야."

"잘 있어." 어린 왕자가 말했다.

"잘 가." 꽃이 말했다.

제19장

어린 왕자는 어느 높은 산으로 올라갔다. 그가 아는 산들이라고는 무릎까지밖에 안 오는 세 개의 화산뿐이었다. 그리고 그는 사화산을 걸상으로 이용했다. 그래서 그는 생각했다. '이렇게 높은 산에서는 별 전체와 모든 사람을 한눈에 알아볼 수 있겠네……' 하지만 뾰족뾰족한 바위 꼭대기들만 알아볼 수 있을 뿐이었다.

"안녕!" 어찌 되었건 그는 말했다.

"안녕……안녕……안녕……." 메아리가 대답했다.

"당신들은 누구예요?" 어린 왕자가 말했다.

"누구예요?…… 누구예요?…… 누구예요……?" 메아리가 대답했다.

"내 친구가 돼줘요. 나는 외로워요." 그가 말했다.

"외로워요…… 외로워요…… 외로워요……." 메아리가 대답했다.

그러자 어린 왕자가 생각했다.

'정말 이상한 별이네. 온통 메마르고 날카롭고 고약해. 그리고 사람들에게는 상상력이라곤 없어. 누가 해준 말을 되풀이하기만 하고…… 내 별에는 꽃이 한 송이 있었어. 늘 그 꽃이 먼저 말을 걸었는데……'

제20장

그러나 사막과 바위들과 눈들을 가로질러 오랫동안 걸은 끝에 어린 왕자는 마침내 길을 하나 발견하게 되었다. 그리고 길들은 모두 사람들의 집으로 통하게 되어 있다.

"안녕." 그가 말했다.

장미꽃들이 피어 있는 정원이었다.

"안녕." 장미들이 말했다.

어린 왕자는 꽃들을 바라보았다. 모두 자신의 꽃을 닮아 있었다.

"너희들은 누구니?" 어린 왕자가 어안이 벙벙해서 물었다.

"우리는 장미야." 장미들이 대답했다.

"아!" 어린 왕자가 말했다.

어린 왕자는 자기가 무척 불행하다고 느꼈다. 그의 꽃은 그에게 자기와 같은 종류의 꽃은 이 세상에 자신밖에 없다고 말했다. 그런데 단 한 군데 정원에 완전히 비슷한 꽃들이 오천 그루나 있다니!

"내 꽃이 이걸 보면 무척 기분이 나쁠 거야……." 어린 왕자는 생각했다. "엄청나게 큰기침을 하고는 웃음거리가 되지 않으려고 죽은 척할 거야. 나는 할 수 없이 달래는 척해야 할 거야. 안 그러면 내게도 상처를 주려고 정말 죽어버릴지도 모르니까……."

이어서 그는 생각했다. '나는 이 세상에 단 하나뿐인 꽃을 가진 부자라고 생각했는데 평범한 장미 한 그루를 가졌을 뿐이야. 그 꽃과 겨우 무릎까지밖에 오지 않는 세 개의 화산,—게다가 하나는 아마 영원히 꺼져 있을지 모르는데,—그런 것들은 나를 멋진 왕자로 만들어주지 못하잖아…….' 그는 풀밭에 엎드려 울었다.

제21장

바로 그때 여우가 나타났다.

"안녕." 여우가 말했다.

"안녕." 어린 왕자가 공손하게 대답하고 고개를 돌렸지만, 아무것도 보이지 않았다.

"나 여기 있어." 그 목소리가 말했다. "사과나무 아래……"

"너 누구니?" 어린 왕자가 말했다. "너 정말 예쁘구나……."

"나는 여우란다." 여우가 말했다.

"와서 나랑 놀자." 어린 왕자가 여우에게 제안했다. "난 너무 슬프거든……."

"나는 너랑 놀 수 없어." 여우가 말했다. "나는 길들지 않았거든."

"아! 미안해." 어린 왕자가 말했다.

그러나 곰곰 생각한 뒤에 그가 덧붙였다.

"'길들인다'는 게 무슨 뜻이야?"

"너 여기 애가 아니구나." 여우가 말했다. "너, 뭘 찾고 있는 거니?"

"나는 사람들을 찾고 있어." 어린 왕자가 말했다. "'길들인다'

는 게 무슨 뜻이야?"

"사람들은 총을 갖고 사냥을 해." 여우가 말했다. "정말 성가신 일이야! 그들은 닭도 키우거든. 그들은 거기에만 관심이 있어. 너도 닭을 찾고 있니?"

"아니." 어린 왕자가 말했다. "나는 친구들을 찾고 있어. '길들인다'는 게 무슨 뜻이야?"

"그건 너무 잊힌 거야." 여우가 말했다. "그건 관계를 창조한다는 뜻이야."

"관계를 창조해?"

"물론이지." 여우가 말했다. "너는 아직 내게 수많은 아이와 비슷한 아이일 뿐이야. 그리고 나는 네가 필요하지 않아. 너도 나를 필요로 하지 않고. 나는 네게 수많은 여우와 비슷한 여우에 불과해. 하지만 네가 나를 길들이면 우리는 서로를 필요로 하게 될 거야. 너는 내게 이 세상에서 단 하나뿐인 존재가 될 거야. 나는 네게 이 세상에서 단 하나뿐인 존재가 되는 거고……."

"이해할 것 같아." 어린 왕자가 말했다. "꽃이 한 송이 있었는데…… 그 꽃이 나를 길들였던 것 같아……."

"그럴 수도 있지." 여우가 말했다. "지구에는 별의별 일이 다

있으니까."

"오, 지구에서가 아니야." 어린 왕자가 말했다.

여우는 호기심이 잔뜩 동한 것 같았다.

"다른 별에서야?"

"응."

"그 별에 사냥꾼이 있니?"

"아니."

"야, 그거 재미있네! 암탉은?"

"없어."

"완벽한 게 어디 있겠어." 여우는 한숨을 쉬었다.

그러나 여우는 다시 본래 생각으로 돌아왔다.

"내 삶은 단조로워. 나는 닭들을 쫓고 사람들은 나를 쫓아. 모든 닭은 다 비슷하고 모든 사람은 다 비슷해. 그래서 나는 좀 따분해. 하지만 네가 나를 길들이면 내 삶은 환하게 밝아질 거야. 나는 다른 발걸음 소리들과는 다른 발걸음 소리를 알게 될 거야. 다른 발자국 소리들은 나를 굴 안으로 숨게 해. 네 발걸음 소리는 마치 음악처럼 나를 굴 밖으로 불러낼 거야. 그리고 봐! 저기 밀밭이 보이지? 나는 빵을 먹지 않아. 밀은 내게는 아무 소용이 없어. 밀밭은 내게 아무것도 떠올리게 하지 않아. 그건 슬픈 일이야! 그런데 너는 황금빛 머리칼을 하고 있잖니. 그러니 네가 나를 길들인다면 정말 멋진 일이 벌어질 거야! 저 황금빛 밀밭은 너를 떠올릴 거야. 그리고 나는 밀밭의 바람 소리를 사랑하게 될 거야……."

여우는 말을 멈추고 어린 왕자를 오랫동안 바라보았다.

"제발…… 나를 길들여 줘." 그가 말했다.

"나도 그러고 싶어." 어린 왕자가 대답했다. "하지만 내게는 시간이 별로 없어. 친구들도 찾아야 하고 알아야 할 것도 아주 많아."

"누구나 길들인 것만 알 수 있는 법이야." 여우가 말했다. "사람들에게는 그 무언가를 알 수 있는 시간이 이제 없어. 그들은 상인들에게서 미리 만들어진 것들을 사. 그런데 친구를 파는 상인은 존재하지 않으니까 사람들에게는 더 이상 친구가 없어. 네가 친구를 원한다면 나를 길들여!"

"어떻게 해야 하는데?" 어린 왕자가 말했다.

"아주 참을성이 있어야 해." 여우가 대답했다. "처음에는 내게서 좀 멀리, 그렇게 풀밭에 앉아 있어. 내가 너를 곁눈질로 볼 테니, 너는 아무 말도 하지 마. 말은 오해의 근원이니까. 그렇지만 매일 조금씩 가까이 와서 앉을 수 있어……."

다음 날 어린 왕자가 다시 왔다.

"같은 시각에 왔으면 좋았을 것을." 여우가 말했다. "예를 들어 네가 오후 네 시에 온다면 나는 세 시부터 행복해지기 시작할 거야. 시간이 흐를수록 나는 행복을 더 느끼겠지. 네 시가 되면 나는 안절부절못하고 흥분할 거야. 나는 행복의 값을 발견하게 될 거야! 하지만 네가 아무 때나 온다면 언제 마음의 옷을 입어야 할지 결코 알 수 없게 될 거야…… 의례가 필요해."

"의례가 뭐야?" 어린 왕자가 물었다.

"그것도 너무 잊힌 거야." 여우가 말했다. "그건 어떤 날을 다른 날들과, 어떤 때를 다른 때들과 다르게 만들어주는 거야. 예를 들어 사냥꾼들에게도 그런 의례가 있어. 그들은 목요일이면 마을 아가씨들과 춤을 춰. 그러면 목요일은 정말 멋진 날이 되는 거지! 나는 포도밭까지 산책할 수 있어. 사냥꾼들이 아무 때

나 춤을 춘다면 모든 날이 똑같아지는 거고 나는 쉬는 날이 없어질 거야."

이렇게 해서 어린 왕자는 여우를 길들였다. 그리고 이별의 시간이 다가오자 여우가 말했다.

"아…… 울 것 같아."

"그건 네 잘못이야." 어린 왕자가 말했다. "나는 너를 조금도 괴롭힐 마음이 없었어. 그런데 네가 길들여달라고 해서……"

"물론이야." 여우가 말했다.

"그런데 너는 울려고 하잖아."

"물론이야."

"그렇다면 너는 얻은 게 아무것도 없잖아."

"얻은 게 있어." 여우가 말했다. "저 밀 색깔 덕분에……"

이어서 그가 덧붙였다. "가서 장미들을 다시 봐. 너는 네 장미가 이 세상에 단 하나뿐이라는 걸 이해할 수 있을 거야. 내게 작별 인사하러 다시 오면 네게 선물로 비밀을 하나 알려줄게."

어린 왕자는 장미들을 다시 보러 갔다.

"너희들은 내 장미와 조금도 닮지 않았어. 너희들은 아직 아무것도 아니야." 그가 장미들에게 말했다. "아무도 너희들을 길들이지 않았고 너희들은 아무도 길들이지 않았어. 너희들은 이

전의 내 여우와 같아. 그는 수많은 다른 여우와 비슷한 여우일 뿐이었어. 하지만 나는 그 여우를 내 친구로 만들었고 그는 이제 이 세상에서 단 하나뿐인 존재가 된 거야.”

그러자 장미들은 어쩔 줄 몰라 했다.

“너희들은 아름다워. 하지만 너희들은 비어 있어.” 어린 왕자가 그들에게 계속 말했다. “그 누구도 너희들을 위해서 죽을 수 없어. 물론 내 장미도, 그냥 지나가는 사람이 본다면 너희들과 닮았다고 생각할 거야. 하지만 그 꽃 하나만으로도 너희들 전부보다 더 소중해. 내가 물을 준 꽃이기 때문이야. 내가 덮개를 씌워준 꽃이기 때문이야. 내가 바람막이로 보호해준 꽃이기 때문이야. 내가 벌레들을 잡아준 꽃이기 때문이야(나비가 되라고 두세 마리는 내버려 두었지만). 불평하는 소리, 자랑하는 소리, 심지어 침묵까지 들어준 꽃이기 때문이야. 내 장미이기 때문이야.”

그런 후 그는 다시 여우에게로 왔다.

“잘 있어…….” 그가 말했다.

“잘 가.” 여우가 말했다. “이게 내 비밀이야. 아주 간단해. ‘누구나 마음으로만 제대로 볼 수 있을 뿐이다. 중요한 것은 눈으로는 보이지 않는다.’”

"중요한 것은 눈으로는 보이지 않는다." 어린 왕자가 명심하기 위해 되풀이했다.

"네 장미가 네게 그토록 소중하게 된 것은 네가 그 장미를 위해 시간을 낭비했기 때문이다."

"내 장미가 내게 그토록 소중하게 된 것은……" 어린 왕자가 명심하기 위해 되풀이했다.

"사람들은 이 진리를 잊었어." 여우가 말했다. "하지만 너는 잊으면 안 돼. 너는 네가 길들인 것에 대해 언제까지나 책임이 있어. 너는 네 장미에게 책임이 있어……."

"나는 내 장미에게 책임이 있다……." 어린 왕자가 명심하기 위해 되풀이했다.

제22장

"안녕." 어린 왕자가 말했다.

"안녕." 선로 변경원이 말했다.

"아저씨, 여기서 뭐 해?" 어린 왕자가 말했다.

"여행객들을 천 명 단위로 분류하지." 선로 변경원이 말했다.
"그들을 싣고 오는 기차들을 때로는 오른쪽으로, 때로는 왼쪽
으로 보내."

그때 불을 밝힌 급행열차가 천둥같이 우르릉거리는 소리를
내며 선로 변경원의 집무실을 뒤흔들었다.

"바쁜 모양이네." 어린 왕자가 말했다. "뭘 찾고 있는 거야?"

"기관사 자신도 몰라." 선로 변경원이 말했다.

그때 반대 방향에서 두 번째 급행열차가 우르릉거렸다.

"벌써 돌아오는 거야?" 어린 왕자가 물었다.

"같은 사람들이 아니야." 선로 변경원이 말했다. "사람들이 갈아탄 거야."

"자기들이 있던 곳에서 만족하지 못했던 모양이네."

"누구든 자기 있는 곳에서 만족하지 못하는 법이야." 선로 변경원이 말했다.

그러자 불을 밝힌 세 번째 급행열차가 천둥소리를 냈다.

"첫 번째 사람들을 뒤쫓아가는 거야?" 어린 왕자가 물었다.

"그들은 아무것도 쫓아가지 않아." 선로 변경원이 말했다. "그 안에서 잠을 자. 아니면 하품을 하거나. 아이들만 유리창에 코를 처박고 있어."

"아이들만 자기들이 뭘 찾는지 알고 있어." 어린 왕자가 말했다. "애들은 헝겊 인형을 위해 시간을 쓰고 그래서 그 인형은 아주 소중한 것이 돼. 누군가 그걸 빼앗으려 하면 울음을 터뜨리고……"

"애들은 운이 좋구나." 선로 변경원이 말했다.

제23장

"안녕." 어린 왕자가 말했다.

"안녕." 상인이 말했다.

그는 갈증을 달래주는 개량 알약을 파는 상인이었다. 일주일에 한 알을 삼키면 더 이상 갈증을 느끼지 않게 되는 알약이

었다.

"그런 걸 왜 팔아?" 어린 왕자가 물었다.

"시간이 굉장히 절약되거든." 상인이 말했다. "전문가들이 계산을 했지. 일주일에 53분을 절약할 수 있어."

"그럼 그 53분으로 뭘 할 건데?"

"뭐든 하고 싶은 걸 하지……."

'나라면' 어린 왕자는 생각했다. '내게 53분이 주어진다면 천천히 샘가를 향해 걸어갈 텐데…….'

제24장

　사막에서 비행기 고장을 일으킨 지 여드레째 되는 날 나는 비축해 둔 물의 마지막 한 방울을 마시면서 그 상인의 이야기를 들었다.

　"아!" 나는 어린 왕자에게 말했다. "네 회상은 정말 아름다워. 하지만 나는 아직 비행기를 고치지 못했고 마실 물도 없단다. 나도 천천히 샘가를 향해 걸어갈 수만 있다면 정말로 행복하겠다!"

　"내 친구 여우가……" 그가 말했다.

　"얘야, 지금 여우가 문제가 아니야!"

　"왜?"

　"목이 말라 죽을 지경이니까……."

그는 내 논리를 이해하지 못하고 대답했다.

"죽음을 눈앞에 두고 있더라도 친구가 한 명 있다는 건 좋은 거야. 나는 내 친구 여우를 갖게 되어서 기뻐……."

'이 애는 위험 따위는 안중에도 없구나.' 나는 생각했다. '배도 고프지 않고 목마르지도 않아. 약간의 햇볕으로 충분한 거야……'

그런데 그가 나를 바라보더니 내 생각에 대답했다.

"나도 목말라…… 우리 우물 찾으러 가자……."

나는 따분하다는 몸짓을 했다. 이 광활한 사막에서 무턱대고 우물을 찾는다는 건 터무니없는 짓이었다. 하지만 우리는 걷기 시작했다.

우리가 몇 시간 동안 말없이 걷는 사이에 어둠이 내렸고 별들이 반짝이기 시작했다. 나는 갈증 때문에 약간 열에 들뜬 채, 마치 꿈속에서인 듯 별들을 바라보았다. 어린 왕자가 한 말이 내 기억 속에서 춤을 추었다.

"그러니까 너도 목이 마르다는 거니?" 내가 그에게 물었다.

하지만 그는 내 질문에 대답하지 않았다. 그는 단지 이렇게 말했을 뿐이었다.

"물은 마음에도 좋을 수 있어……."

나는 그의 대답을 이해할 수 없었지만 아무 말도 하지 않았다……. 나는 그에게 질문하면 안 된다는 것을 잘 알고 있었다.

그는 지쳐 있었다. 그는 앉았다. 나는 그 곁에 앉았다. 그러자 얼마간 침묵 후에 그가 다시 말했다.

"별들이 아름다운 건 눈에 보이지 않는 꽃이 있기 때문이야……."

나는 "물론이지"라고 대답하고는 아무 말 없이, 달빛을 받는 모래 언덕의 주름들을 바라보았다.

"사막은 아름다워." 그가 덧붙였다.

사실이었다. 나는 언제나 사막을 사랑했다. 모래 언덕에 앉아 있으면 아무것도 보이지 않고 아무 소리도 들리지 않는다. 그런데도 그 무언가 침묵 속에서 빛나고 있으니…….

"사막이 아름다운 건" 어린 왕자가 말했다. "어딘가 우물이 숨겨져 있기 때문이야……."

나는 그 신비스럽게 빛나는 것이 무엇인지 갑자기 깨닫고는 놀랐다. 내가 어렸을 때 나는 오래된 집에 살았고 집안 어딘가에 보물이 묻혀 있다는 이야기가 전해 내려오고 있었다. 물론 그 누구도 그 보물을 발견하지 못했고 찾으려 하지도 않았을 것이다. 그러나 그 보물이 온 집안을 매혹스럽게 만들었다. 나의 집은 그 마음 깊은 곳에 비밀을 감추고 있었으니…….

"그래." 내가 어린 왕자에게 말했다. "집이건, 별이건, 사막이건, 그것들을 아름답게 만드는 건 눈에 보이지 않아."

"아저씨가 내 친구 여우와 같은 생각이어서 기뻐." 그가 말했다.

어린 왕자가 잠이 들었기에 나는 그를 두 팔로 안고 다시 길을 걸었다. 나는 감동했다. 마치 연약한 보물을 안고 가는 것 같은 느낌이었다. 내게는 이 지구에 이보다 더 연약한 것은 없는 것 같았다. 나는 달빛에 그의 창백한 이마, 감은 눈, 바람에 흩날리는 머리카락을 바라보면서 생각했다 '내가 여기서 보고 있는 것은 껍질일 뿐이야. 가장 중요한 것은 눈에 보이지 않아…….'

그의 반쯤 열린 얼굴에 미소가 떠오르는 것을 보고 나는 계속 생각했다. '이 잠든 어린 왕자가 나를 그토록 감동하게 하는 것은 한 송이 꽃을 향한 변함없는 마음 때문이야. 잠이 들었을 때도 마치 등불처럼 이 애 안에서 빛나고 있는 장미의 이미지 때문이야…….' 그러자 그가 더욱 연약하게 느껴졌다. 등불은 잘 보호해주어야만 한다. 한 줄기 바람에도 꺼질 수 있으니…….

그리고, 그렇게 길을 걷다가 동틀 무렵에 나는 우물을 발견했다.

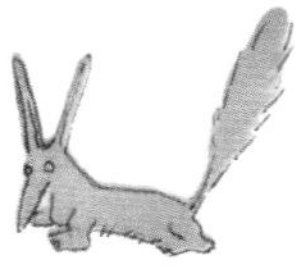

제25장

"사람들은 급행열차에 몰려 타지만 자기들이 무엇을 찾는지 더 이상 모르고 있어." 어린 왕자가 말했다. "그러고는 불안해서 빙글빙글 맴돌아……."

이어서 그가 덧붙였다.

"그럴 필요 없는데……."

우리가 다다른 우물은 사하라 사막의 우물들과 닮지 않았다. 사하라 사막의 우물들은 모래 속에 파놓은 간단한 구멍일 뿐이다. 그 우물은 마을의 우물과 비슷했다. 하지만 그곳에는 마을이라고는 없었다. 나는 꿈을 꾸는 것 같았다.

"이상하네." 내가 어린 왕자에게 말했다. "다 갖춰져 있어. 도르래, 두레박, 그리고 줄까지……"

그가 웃으며 줄을 잡더니 도르래를 작동시켰다. 그러자 도르래가, 마치 오랫동안 잠들어 있던 바람이 다시 돌아가게 만든 낡은 바람개비처럼 삐걱거렸다.

"아저씨, 들리지." 어린 왕자가 말했다. "우리가 우물을 깨웠고 우물이 노래하는 거야……."

나는 그에게 힘든 일을 시키고 싶지 않았다.

"내가 할게." 내가 그에게 말했다. "네게는 너무 무거워."

나는 천천히 두레박을 우물 가장자리 돌 위까지 끌어올렸다. 나는 두레박을 그곳에 똑바로 세웠다. 내 귀에서 도르래 노랫소리가 계속 울렸고 아직 흔들리고 있는 물속에서 태양이 떨리고 있는 것이 보였다.

"나는 바로 이 물이 마시고 싶어." 어린 왕자가 말했다. "마시게 해줘……."

그러자 나는 그가 찾던 것이 무엇인지 깨달았다!

나는 두레박을 그의 입술까지 들어 올렸다. 그는 눈을 감은 채 마셨다. 마치 축제처럼 감미로웠다. 그 물은 단순한 양식과는 다른 그 무엇이었다. 그 물은 별빛을 받으며 걸어온 끝에, 도르래의 노래와 함께, 내 팔의 수고로부터, 태어난 물이었다. 그 물은 선물처럼 마음에도 좋은 것이었다. 내가 어린 소년이었을

때 크리스마스트리의 불빛, 자정 미사 음악, 부드러운 미소들이
내가 받은 크리스마스 선물을 한껏 빛나게 해주었다.

"아저씨 별의 사람들은" 어린 왕자가 말했다. "정원 한 군데
에 5천 송이의 장미를 키우고 있어…… 그래도 거기서 자기들
이 찾는 것을 발견하지 못해……."

"그들은 그걸 찾지 못하지……." 내가 대답했다.

"그렇지만 그들이 찾는 걸 단 한 송이 장미나 약간의 물에서
도 발견할 수 있는데……"

"물론이지." 내가 대답했다.

그러자 어린 왕자가 덧붙였다.

"하지만 눈은 장님이야. 마음으로 찾아야 해."

나는 물을 마셨다. 나는 심호흡을 했다. 동틀 무렵의 사막은
꿀 색깔을 하고 있다. 나는 이 꿀 색깔로도 행복했다. 내가 무엇
때문에 그렇게 고통스러워했단 말인가…….

"아저씨, 약속 지켜야 해." 어린 왕자가 다시 내 곁에 앉으며
말했다.

"무슨 약속?"

"있잖아…… 내 양에게 입마개 해주기로 한 거…… 나는 그
꽃에 책임이 있어!"

나는 주머니에서 끄적거려 놓은 그림들을 꺼냈다. 그것을 본 어린 왕자가 웃으며 말했다.

"이 바오바브나무, 꼭 양배추 같다……."

"아!"

나는 그 바오바브나무들을 그토록 자랑스러워했는데!

"이 여우는…… 이 귀 말이야…… 꼭 뿔처럼 생겼어…… 그리고 너무 길어!"

그는 다시 웃었다.

"얘야, 너, 너무 불공평해! 나는 속이 보이지 않은 보아뱀과 속이 보이는 보아뱀 외에는 그릴 줄 아는 게 없잖아."

"아, 괜찮을 거야." 그가 말했다. "아이들은 알아."

그래서 나는 입마개를 연필로 그렸다. 그것을 어린 왕자에게 전해주면서 나는 가슴이 조이듯 아팠다.

"너, 내가 모르는 무슨 계획이 있구나."

하지만 그는 대답하지 않았다. 그가 말했다.

"있잖아, 내가 지구에 떨어진 지…… 내일이면 일 년이 돼……."

그리고 잠시 침묵을 지키더니 다시 말을 이었다.

"이 근처에 떨어진 것 같은데……"

그 말과 함께 그는 얼굴을 붉혔다.

그러자 나는 이유도 모르는 채 다시 묘한 슬픔을 느꼈다. 그런 가운데도 한 가지 의문이 떠올랐다.

"그렇다면 일주일 전, 내가 너를 알게 된 그날 아침, 네가 그렇게, 홀로, 사람들이 사는 곳으로부터 수천 마일 떨어진 이곳을 어슬렁거리고 있던 게 우연이 아니었구나! 네가 떨어졌던 지점으로 되돌아가고 있던 거지?"

어린 왕자는 다시 얼굴을 붉혔다.

나는 망설이면서 덧붙였다.

"아마도, 1년이 되어서지?"

어린 왕자는 다시 얼굴을 붉혔다. 그는 결코 질문에 대답하는 적이 없었다. 하지만 누군가 얼굴을 붉혔다면 그건 '그렇다'는 뜻이 아니겠는가?

"아! 나는 무서워……." 내가 그에게 말했다.

"아저씨, 아저씨는 이제 일을 해야 해. 기계 있는 데로 다시 가야 해. 여기서 기다릴게. 내일 저녁에 다시 와……."

하지만 나는 안심이 되지 않았다. 여우 생각이 났다. 누구든 길들면 얼만큼은 울게 될 위험이 있는 것이다.

제26장

우물 근처에는 폐허가 된 낡은 돌담이 있었다. 다음 날 저녁 내가 작업을 하고 그곳으로 돌아왔을 때 어린 왕자가 다리를 늘어뜨린 채 그 위에 앉아 있는 모습이 멀리서 보였다. 이어서 그의 말소리가 들렸다.

"기억이 안 난다는 거야?" 그가 말했다.

"바로 이 자리가 아니란 말이야!"

다른 목소리가 그에게 대답한 것이 분명했다. 잠시 후 어린 왕자가 이렇게 대꾸했던 것이다.

"아니! 아니! 날은 맞아. 하지만 장소는 여기가 아니라니까……."

나는 돌담을 향해 계속 걸었다. 여전히 아무것도 보이지 않왔고 그 어떤 목소리도 들리지 않았다. 그런데 어린 왕자가 다시 대꾸했다.

"……물론이야. 모래 위에서 내 발자국이 어디서 시작되는지 가서 봐. 거기서 기다리기만 하면 돼. 오늘 밤 내가 거기로 갈게."

나는 돌담으로부터 20미터 정도 떨어진 곳에 있었지만 여전히 아무것도 보이지 않았다.

얼마간 침묵 후에 어린 왕자가 다시 말했다.

"너 좋은 독 갖고 있지? 나를 오랫동안 힘들게 하지 않을 거지?"

나는 가슴이 조여와 멈춰 섰다. 하지만 여전히 이해할 수 없었다.

"이제 가봐." 어린 왕자가 말했다.

"다시 내려갈래."

그제야 나는 돌담 아래를 내려다보았다. 그리고 깜짝 놀라 풀쩍 뛰었다! 바로 그곳에 그놈이, 30초면 누구나 끝장낼 수 있는 노란 뱀 한 마리가, 고개를 빳빳이 쳐들고 그곳에 있는 것이 아닌가! 나는 권총을 꺼내려고 황급히 주머니를 뒤지면서 달려갔다. 하지만 내 발소리에 뱀은 마치 분수가 잦아들 듯 천천히 모래 속으로 미끄러져 내리더니 별로 서두르지도 않고 가벼운

쉿소리를 내며 돌 틈 사이로 슬그머니 사라졌다.

　나는 겨우 제때 담에 도착해 어린 왕자를 품에 안을 수 있었다. 어린 왕자는 눈처럼 창백했다.

　"도대체 이게 무슨 일이야! 너 지금 뱀하고 이야기를 한 거란 말이냐!"

나는 그가 늘 두르고 있는 금빛 목도리를 풀어주었다. 나는 그의 관자놀이를 적시고 물을 마시게 해주었다. 나는 그에게 감히 더 이상 물어볼 수조차 없었다. 그는 나를 심각하게 바라보더니 두 팔로 내 목을 감았다. 나는 그의 가슴이 총에 맞아 죽어가는 새의 가슴처럼 약하게 뛰는 것을 느꼈다. 그가 내게 말했다.

"아저씨가 고장 난 곳을 찾아서 참 기뻐. 아저씨는 이제 집으로 돌아갈 수 있을 거야……."

"그걸 어떻게 아니!"

나는 바로, 예상과는 달리 내 작업이 성공했다고 그에게 알려주려던 참이었다!

그는 내 질문에는 대답하지 않고 덧붙였다.

"나도 오늘 내 집으로 돌아가거든……."

그리고는 쓸쓸하게,

"거긴 훨씬 더 멀어…… 훨씬 더 어려워……."

나는 뭔가 심상치 않은 일이 일어나고 있다고 느꼈다. 나는 그를 어린아이처럼 꼭 껴안았다. 하지만 그는 마치, 어떻게 붙잡아 볼 도리없이 심연을 향해 수직으로 침몰하는 것 같았다.

그의 진지한 눈길은 아득히 먼 곳을 헤매고 있었다.

"내게는 아저씨가 준 양이 있어. 그리고 양들을 위한 상자도 있어. 그리고 입마개도……"

그는 쓸쓸하게 미소 지었다.

나는 오래 기다렸다. 그의 몸이 차츰 온기를 되찾는 것이 느껴졌다.

"얘야, 너 무서웠던 게로구나……"

물론이다! 그는 무서웠다! 하지만 그는 부드럽게 웃었다.

"오늘 밤에는 더 무서울지 몰라……"

나는 다시 돌이킬 수 없다는 느낌에 온몸이 오싹했다. 그리고 더 이상 이 웃음소리를 들을 수 없다는 생각을 견딜 수 없다는 것을 깨달았다. 그것은 내게는 사막의 샘 같은 것이었다.

"얘야, 나는 네 웃음소리를 다시 듣고 싶어……"

그러자 그가 말했다.

"오늘 밤이면 1년이 돼. 내 별이 내가 작년에 떨어졌던 곳 바로 위에 오게 될 거야……"

"얘야, 뱀 이야기니, 뱀과 다시 만나자는 약속 이야기니, 별 이야기니. 그거 다 무슨 나쁜 꿈을 꾼 거 아니니?……"

하지만 그는 대답하지 않았다. 그가 내게 말했다.

"중요한 것은 보이지 않는 법이야……"

"물론이지……."

"꽃의 경우도 마찬가지야. 아저씨가 어느 별에 있는 한 송이 꽃을 사랑한다면 밤에 하늘을 바라보는 건 감미로운 일이야. 모든 별이 꽃피어날 테니까"

"물론이지……."

"물의 경우도 마찬가지야. 아저씨가 내게 마시라고 준 물은 도르래와 줄 때문에 음악 같았어…… 생각나지?…… 참 좋았 잖아."

"물론이지……."

"아저씨, 밤이면 별들을 바라봐. 내 별은 너무 작아서 어디 있는지 보여줄 수 없어. 그게 더 나아. 내 별은 아저씨에게는 모 든 별 중 하나가 되는 거야. 그러면 아저씨는 모든 별을 다 바 라보면서 좋아하게 될 거야…… 전부 다 아저씨 친구가 되는 거지. 그리고 내가 아저씨에게 선물을 하나 줄게……."

그는 다시 웃었다.

"아! 얘야, 나는 그 웃음을 듣고 싶단다!"

"바로 그게 내 선물이 될 거야…… 물의 경우처럼 말이 야……."

"그게 무슨 소리니?"

　"사람들은 모두 똑같은 별을 갖고 있지 않아. 여행하는 사람들에게는 별은 길잡이야. 어떤 이에게는 그냥 작은 불빛이겠지. 학자들에게는 풀어야 할 문제야. 내가 만났던 사업가에게는 별은 황금이었어. 하지만 그 별들은 모두 말이 없지. 아저씨는 그 누구도 가져보지 못한 별을 갖게 될 거야……."

　"그게 무슨 소리니?"

　"밤에 아저씨가 하늘을 바라보면 내가 그 별 중 한 곳에 살고 있기 때문에, 내가 그 별 중 한 곳에서 웃고 있기 때문에, 아저씨에게는 모든 별이 웃는 것처럼 될 거야. 아저씨는 웃을 줄 아는 별을 갖게 되는 거지!"

그는 다시 웃었다.

"그리고 아저씨 마음이 좀 가라앉으면(슬픔은 가라앉는 법이니까) 아저씨는 나를 알게 된 걸 기쁘게 생각할 거야. 아저씨는 언제까지나 내 친구일 거야. 나와 함께 웃고 싶어질 거야. 그러면 아저씨는 이따금 그냥 심심풀이로 창문을 열겠지…… 그리고 아저씨 친구들은 아저씨가 하늘을 바라보며 웃는 걸 보고 깜짝 놀랄 거야. 그러면 아저씨는 그들에게 말하겠지. '그래, 나는 별을 보면 언제나 웃음이 나온다네.' 그러면 그들은 아저씨가 미쳤다고 생각할 거야. 내가 아저씨에게 몹쓸 장난을 친 셈이 되겠네……."

그는 다시 웃었다.

"그건 내가 아저씨에게 별들 대신에 웃을 줄 아는 작은 방울들을 듬뿍 준 것과 마찬가지일 거야……."

그는 웃었다. 그런 후 그는 다시 진지해졌다.

"오늘 밤…… 있잖아…… 오지 마."

"네 곁을 떠나지 않을 거야."

"아파 보일 거야…… 죽는 것처럼 보일 거야…… 다 그런 거야. 그걸 보러 오지 마. 그럴 필요 없어……."

"네 곁을 떠나지 않을 거야."

그는 걱정스러운 모습이었다.

"내가 그러는 건…… 그건 뱀 때문이야. 뱀이 아저씨를 물면 안 돼…… 뱀들은 못됐거든. 그냥 장난삼아 물 수도 있어."

"네 곁을 떠나지 않을 거야."

그런데 그는 뭔가 안심이 되는 것 같았다.

"그래, 두 번째 물었을 때는 더 이상 독이 없을 거야."

그날 밤 나는 그가 떠나는 것을 보지 못했다. 그는 소리 없이 빠져나갔다. 내가 그를 겨우 따라잡았을 때 그는 망설임 없이 빠르게 걷고 있었다. 그는 단지 이렇게만 말했다.

"아, 아저씨구나……."

그는 내 손을 잡았다. 하지만 그는 여전히 걱정하고 있었다.

"아저씨, 잘못한 거야. 괴로울 텐데. 나는 죽는 것처럼 보일지 모르지만 그건 사실이 아니야……."

나는 아무 말도 하지 않았다.

"있잖아, 거긴 너무 멀어. 이 몸을 가져갈 수 없어, 너무 무겁

거든."

나는 아무 말도 하지 않았다.

"하지만 그건 버려진 낡은 껍질 같은 걸 거야. 낡은 껍질이
슬프지는 않잖아."

나는 아무 말도 하지 않았다.

그는 약간 의기소침해졌다. 그러나 그는 다시 애를 썼다.

"있잖아, 그건 참 좋은 일일 거야. 나도 별들을 바라볼 거야.
모든 별이 녹슨 도르래가 달린 우물이 되겠지. 모든 별이 내게
물을 먹여주겠지……."

나는 아무 말도 하지 않았다.

"정말 재미있을 거야! 아저씨는 5억 개의 방울을 갖게 될 거고 나는 5억 개의 샘을 갖게 될 테니⋯⋯"

그도 아무 말이 없었다. 울고 있었던 것이다⋯⋯.

"여기야. 한 걸음만 혼자 가게 해줘"

그가 주저앉았다. 두려웠던 것이다.

그가 다시 말했다.

"있잖아⋯⋯ 내 꽃⋯⋯ 나는 그 꽃에 책임이 있어! 게다가 그 꽃은 너무 약해! 그리고 너무 순진해. 이 세상에 맞서 자신을 지키기 위해 보잘것없는 네 개의 가시밖에는 가진 게 없어⋯⋯."

나는 그 자리에 주저앉았다. 더 이상 서 있을 수가 없었기 때문이다.

"자 이제⋯⋯ 다 됐어⋯⋯."

그는 여전히 약간 망설이더니 몸을 일으켰다. 그는 한 발짝 내디뎠다. 나는 꼼짝도 할 수 없었다.

그의 발목 가까이서 노란빛이 반짝했을 뿐이었다. 그는 한순간 꼼짝 않고 서 있었다. 비명도 지르지 않았다. 그는 마치 나무가 쓰러지듯 천천히 쓰러졌다. 모래 때문에 소리조차 나지 않았다.

제27장

　그리고 이제, 물론, 6년이 흘렀지만…… 나는 이제껏 이 이야기를 해본 적이 없다. 나를 다시 본 동료들은 내가 살아 돌아온 것을 보고 무척 기뻐했다. 나는 슬펐지만 그들에게는 "피곤해서……"라고 말했다.

　이제 나는 조금은 가라앉았다. 말하자면…… 완전히는 아니었다. 하지만 나는 그가 자기 별로 돌아갔다는 것을 잘 알고 있다. 동틀 무렵에 그의 몸을 발견할 수 없었던 것이다. 그렇게 무거운 몸이 아니었던 것이다…… 그리고 나는 밤에 별들에게 귀 기울이는 것을 좋아한다. 그것은 마치 5억 개의 방울 같았으니……

　그런데 바로 그때 아주 이상한 일이 벌어졌다. 나는 어린 왕자에게 입마개를 그려주면서 가죽끈을 달아주는 것을 잊었던

것이다! 그는 결코 양을 묶어둘 수 없었을 것이다. 그러면 나는 자문한다. '그의 별에서 무슨 일이 벌어졌을까? 혹시 양이 꽃을 먹어버린 건 아닐까……'

나는 때로는 이렇게 생각한다. '그럴 리가 없어! 어린 왕자가 매일 밤 꽃에게 유리 덮개를 씌워줄 거고 양을 잘 감시할 거야……' 그러면 나는 행복해졌다. 그리고 모든 별이 부드럽게 웃었다.

때로는 이렇게 생각한다. '누구나 한두 번은 방심할 수 있고 그걸로 그만이야! 그가 어느 날 저녁 유리 덮개 씌워주는 걸 깜빡했거나 양이 밤에 소리 없이 나갔을 수도 있어……' 그러면 모든 방울이 눈물로 변했다.

바로 거기에 거대한 신비가 존재한다. 나처럼 어린 왕자를 사랑하는 여러분에게는 어딘지 모를 곳에서 우리가 알지 못하는 양이 장미 한 송이를 먹었느냐 아니냐에 따라 우주 전체가 달라지는 것이니……

하늘을 바라보라. 그리고 자문해 보아라. 양이 그 꽃을 먹었을까, 아니면 먹지 않았을까? 그러면 여러분은 모든 것이 변하는 것을 보게 될 것이니……

그런데 그 어떤 어른도 그게 그토록 중요하다는 것을 결코 이해할 수 없으리라!

이것이 내게는 이 세상에서 가장 슬프면서 가장 아름다운 풍경이다. 이것은 바로 앞 페이지와 같은 풍경이지만 여러분에게 제대로 분명하게 보여주기 위해 다시 한번 그렸다. 어린 왕자가 지상에 나타났다가 사라진 곳이 바로 이곳이다.

언젠가 여러분이 아프리카 사막을 여행하게 된다면 이곳을 확실히 알아볼 수 있도록 주의 깊게 이 풍경을 바라보아라. 그리고 만일 여러분이 이곳을 지나가게 된다면, 제발 서두르지 말고 별 아래에서 잠시 기다려달라! 그때 어떤 어린아이가 여러분에게 온다면, 그가 웃는다면, 그가 금발이라면, 그가 질문에 대답하지 않는다면, 그가 누구인지 여러분은 알아차릴 것이다. 그러면 제발 친절을 베풀어 달라! 나를 이렇게 슬퍼하게 내버려 두지 말기를. 그가 돌아왔다고 이내 편지를 보내주길······.

『어린 왕자』를 찾아서

　이 보석 같은 작품을 '이제야' 우리말로 옮긴다. 대학에서 30년 가까이 강의를 해 왔기에 이 책을 번역하면서 느끼는 소회를 그렇게 표현할 수밖에 없다. 그리고 바로 그렇기에 단어 하나하나, 문장 하나하나 여리디여린 보물을 다루듯 조심스럽게 옮길 수밖에 없다. 내게 너무 친해졌기에 그래서 더욱 조심스러울 수밖에 없는 존재, 그것이 바로 생텍쥐페리의 『어린 왕자』이다. 아마 나는 『어린 왕자』에게 길들었나 보다. 아니면 내가 『어린 왕자』를 길들였거나…….

　『어린 왕자』 강의는 강의라기보다는 학생들과 함께 이 소설의 비밀을 마치 보물 발굴하듯 발굴하는 작업이기도 했다. 그만큼 이 작품에는 엄청난 비밀이, 그리고 보물이 묻혀 있었다.

은퇴를 앞두고 마지막 강의를 할 때조차 나는 '내가 왜 여태 이 걸 몰랐지?'라고 느낀 부분이 있었다. 어쩌면 전에 한 번 깨쳤 지만 다시 잊었는지도 모른다. 그만큼 매번 새롭게 만나서 새 롭게 다시 서로 길을 들여야만 하는 책이 바로 『어린 왕자』이 다. 이 글은 해설이라기보다는 바로 그렇게 길들고 길들인 구 체적 체험의 기록이다.

자신의 별로 돌아간 생텍쥐페리(Antoine de Saint-Exupéry 1900~1944)

1944년 7월 31일 오전 8시 25분, 생텍쥐페리는 P38 라이트 닝 쌍발기를 조종하며 코르시카의 비행장을 이륙한다. 연합군 이 8월 15일 상륙 목표로 삼은 프랑스 남부 해안의 독일군 동향 을 정찰하는 것이 그의 임무였다. 그는 홀로였고, 비무장이었다.

오전 8시 30분, 그가 조종하는 비행기의 모습이 레이더에서 멀어졌다. 그리고 그것이 그의 마지막 모습이었다. 그의 비행기 가 남불 프로방스 해안 얼마 떨어지지 않은 곳에서 격추된 것 이다. 하지만 비행기의 잔해는 전혀 발견할 수 없었다. 그는 공 식적으로는 '실종'으로 처리되었다. 그는 마치 어린 왕자가 아 무 흔적도 남기지 않고 자신의 별로 돌아갔듯이 아무 흔적도 남기지 않고 사라졌다.

생텍쥐페리는 1900년 프랑스 남부의 리용(Lyon)에서 태어났다. 그가 젊었던 시절 1차 세계대전이 끝났지만, 유럽은 아직 전운이 감돌고 있었다. 1921년 그는 공군에 소집된다. 처음에는 정비부대 소속이었지만 개인 교습을 받은 후 조종사가 된다. 그리고 1922년 6월 제대한다.

1926년부터 그는 항공사에 취업하여 항공 우편 비행기를 조종한다. 1929년에는 '아에로 포스탈' 아르헨티나 영업부장이 되었고 1931년 콘수엘로(Consuelo)를 만나 결혼한다. 이 기간 그의 주업은 비행기 조종사였지만 작가로서도 명성을 떨친다. 1931년 『야간비행』이 출간되었고 '페미나상'을 수상한다. 이어서 1939년에 출간된 『인간의 대지』로 '아카데미 프랑세즈' 소설 대상을 받는 등 작가로서 최전성기를 맞이한다.

1939년 제2차 세계대전이 발발하자 예비역 공군 장교이던 생텍쥐페리는 공군 대위로 군에 복귀한다. 하지만 나이가 든 데다 예전 비행에서 당한 부상으로 좌반신의 움직임이 자유롭지 못하다는 이유로 전투기 조종 불가 판정을 받는다. 퇴역 판정을 받은 셈이다. 그러나 생텍쥐페리는 비행이 하고 싶었다. 그는 공군성 장관과 고위 장성들에게 청을 넣어 재입대에 성공한다. 그는 1939년 말부터 1940년 7월까지 2/33 전투 비행 중대 소속으로 고공 정찰, 촬영 임무를 수행한다.

1940년 제대 후 생텍쥐페리는 미국으로 건너간다. 프랑스의 승리를 위해서는 미국의 참전이 절대적으로 필요하다는 생각에 작가로서의 영향력으로 미국을 설득하기 위해서였다. 처음에는 한 달 내로 귀국할 생각이었지만 여러 가지 사정으로 미국에 오래 머문다. 그리고 미국 체류 기간 중 아주 큰 결실을 얻는다. 『어린 왕자』가 1943년 4월 미국에서 영어와 프랑스어로 출간된 것이다. 그는 물론 프랑스어로 작품을 썼지만, 캐서린 우즈가 번역한 영역본이 먼저 출간되었다.

『어린 왕자』 출간 직후인 1943년 5월 4일, 생텍쥐페리는 지난날의 동지들이 있는 2/33 비행 중대에 합류하기 위해 알제리에 도착한다. 7월 21일, 그는 우여곡절 끝에 튀니지에 주둔하고 있던 자신의 옛 비행 중대에 복귀한다. 하지만 라이트닝 비행기를 몰기에는 이미 나이가 너무 많았다. 조종사 연령 제한이 30세 전후였으니 이미 40살을 훌쩍 넘긴 그를 조종사로 받아들일 리 없었다. 관측과 기관총 보조 사수 역할에 국한한다는 조건으로 비행기에 오를 수 있을 뿐이었다.

하지만 그는 비행기를 직접 몰고 싶었다. 결국 1944년 4월 단 5회의 정찰 비행에 국한한다는 조건으로 2/33 비행 중대에 다시 복귀한다.

1944년 7월 31일. 지중해의 한여름은 맑고 뜨거웠다. 그날 아침, P38 라이트닝 쌍발기에 몸을 싣고 생텍쥐페리는 이륙한다. 아니 비상한다. 오후 1시 30분 귀환 예정. 하지만 그는 돌아오지 않았다. 그리고 그의 비행기 잔해는 전혀 발견할 수 없었다.

1998년 마르세유 동남쪽 바다에서 넙치잡이 어부들이 쳐놓은 그물에 작가의 이름이 새겨진 팔찌 하나가 걸려 올라왔다. 2008년 3월에는 2차 세계대전 당시 독일 공군 조종사였던 호르스트 리페르트가 자신이 생텍쥐페리가 타고 있던 비행기를 격추한 장본인이라고 어느 언론사와의 인터뷰에서 밝혔다. 그는 이렇게 말했다. "내가 바로 생텍쥐페리의 비행기를 격추한 사람이다. 나중에야 바다에 떨어진 그 비행기에 그가 타고 있었음을 알았다. 나는 제발 그가 아니길 바랐다. 우리 시대의 젊은이들이 그러했듯이 나도 그의 책에 빠져 있었기 때문이다."

밝혀진 다른 사실이 있다. 그날 정오가 조금 지난 시각, 독일 전투기들의 관측과 공격에 완전히 노출될 수밖에 없는 맑은 날씨에 그의 비행기는 니스 서쪽 상공에서 저공비행을 하고 있었다. 그러다가 바다 쪽으로 선회하여 해안선 저 너머로 사라졌다. 안전 고도인 6천 미터보다 낮게 그리고 예정된 항로를 벗어나 비행하고 있었다. 그는 왜 적의 시야에 완전히 노출된 채 저 공비행을 하고 있었던 것일까? 그는 왜 예정된 항로를 벗어나 비행을 하고 있었던 것일까? 그는 스스로 어린 왕자가 되어 자신의 별로 돌아가려 하던 것이 아닐까? 어린 왕자처럼 아무 흔적도 없이 사라지려 한 것이 아닐까? 그리하여 작가 자신과 어린 왕자가 한 몸이 되려 한 것이 아닐까?

아이의 마음을 잃은 어른들을 위한 책

1943년에 세상에 나온 『어린 왕자』는 전 세계에서 1억 부 이상의 판매 기록을 가지고 있다. 기독교 성서 다음으로 많이 팔리고 읽힌 책이다. 아니다. 판매 기간까지 감안하면 성서 이상의 베스트셀러, 스테디셀러이다. 그만큼 누구에게나 쉽게 읽힌다. 그래서 누구나 아주 쉬운 책이라고 생각한다. 사실이다. 『어린 왕자』는 아주 쉽게 읽히는 책이다. 그리고 그 가독성이 『어린 왕자』를 세계적 베스트셀러로 만든 것도 사실이다.

하지만 어디 쉽게 읽히는 책이 『어린 왕자』뿐일까? 당연한 이야기지만 『어린 왕자』가 세계적 베스트셀러가 된 것은 그 책이 읽기 쉬우면서도 그 무언가 깊은 뜻을 많은 사람에게 전해 주기 때문이다. 그 무언가 많은 울림을 사람들에게 주기 때문이다. 나는 이 작품을 강의하면서, 그리고 이 책을 길들이고 이 책에 길들면서 그 깊은 뜻을 체험한 셈이다. 그리고 이 작품을 읽으면서 체험한 것이 내 구체적 삶과 공명(共鳴)하는 경험도 했다. 그러니 이 책은 절대로 아이들을 위한 동화책이 아니다. 아이의 마음을 잃은 어른들을 위한 책이다. 아니다. 아이들도 읽을 수 있고 어른들도 읽을 수 있는 책이다. 아는 만큼 보인 다는 말이 있던가? 이 작품이 바로 그렇다. 읽은 이의 이해도 에 따라 그 의미의 진폭이 엄청난 작품이다. 읽는 이가 알고 느 끼는 만큼의 의미만 살짝 보여주는 작품이다. 이렇게 쉽게 읽 히는 작품이 그렇게 켜켜이 비밀을 감추고 있다니 정말 엄청난 일이다. 나는 30년간 이 작품을 강의하면서 내가 이해한 만큼 의 의미를 여기에 풀어놓는다. 지나는 길에 한마디만 더 하자. 번역자의 작품 이해도에 따라 번역 문장 자체가 완전히 달라질 수도 있는 작품이 바로 이 작품이다. 나의 번역은 나의 작품에 대한 이해를 그대로 반영한 번역이다.

"양 한 마리 그려줄래요?"
―사느냐, 죽느냐의 절체절명의 순간, 어린 왕자의 황당무계한 요구!

비행기 조종사인 화자는 비행기 고장으로 사하라 사막에 불

시작한다. 정비공도 없고 승객도 없이 홀로 비행기를 수리해야
만 하는 어려운 처지에 놓이게 된 것이다. 식량이래야 겨우 일
주일 치 물밖에 없는 상황이니, 사느냐, 죽느냐의 절체절명의
순간을 맞이한 셈이다.

그런 상황에서 가장 절실하게 필요한 것은 무엇일까? 아마
어떻게 해서라도 살아가야 한다는 삶의 의지일 것이다. 그리고
비행기를 수리할 수 있는 아주 현실적인 능력. 그런 절박한 위
기 상황에서 어떻게 해서라도 살아 돌아가겠다는 강렬한 의지
와 그 의지를 실현할 수 있는 비행기 수리 기술 외에 더 무엇이
필요하겠는가!

그런데 바로 그때 누군가가 화자 앞에 나타난다. 사람들이
살고 있는 곳으로부터 수천 마일 떨어져 있는 곳에서 조난을
한 판인데! 어찌 보면 반가울 수도 있다. 내 절박한 문제를 함
께 풀어줄 원군이 나타난 셈으로 칠 수도 있다.

그런데 나타난 자가 수상하기 짝이 없다. 순진하기 그지없는
어린아이인 데다 사막 한가운데 길을 잃은 모습과는 너무 거리
가 멀다. 어디 그뿐인가? 내가 처한 절박한 상황에 도움이 되
기는커녕 방해가 될 뿐이다. 내가 처한 절박한 상황은 안중에
도 없다는 듯 한가하기 그지없는 요구를 한다. 한가하다 못해

황당하기만 하다.

"양 한 마리 그려줄래요?"

열심히 시험공부에 몰두해 있는 판에 함께 철없는 어린 동생이 함께 놀아달라고 떼쓰는 형국이다. 하지만 그런 동생은 '저리 가!'라는 호통 한 방으로 날려 보낼 수 있다. 그런데 나는 주머니에서 종이와 연필을 꺼내 그림을 그려준다. 도무지 설명이 안 된다. 작품의 화자도 겨우 '너무 엄청나게 신비스러운 일을 당하면 감히 거역하기가 어려운 법이다'(16쪽)라는 이유를 댔을 뿐이다.

그렇다. 그 위기의 순간 내게 나타난 '어린 왕자'는 그렇게 신비스러운 존재이다. 그렇게 비현실적인 존재이다. 그렇기에 나는 순순히 어린 왕자의 요구를 들어준다. 상식적으로는 정말 어처구니없는 그 요구를 순순히 따를 리가 만무하다. 생각해보라. 목숨이 걸려 있는 중차대한 일에 몰두해 있는 판에 한가하게 그림 따위 그리고 있을 여유가 있겠는가? 그렇지만 어린 왕자는 현실적인 존재가 아니다. 그는 우리가 현실 속에서 만난 황당한 존재가 아니다. 그의 요구는 우리가 현실에서 만난 황당한 일이 아니다. 그는 신비스러운 존재이다. 사막에서 어린 왕자를 만난 것은 한 마디로 신비의 체험, 바로 그것이다.

그런데 이상한 일이 벌어진다. 그 황당하고 한가하기 그지 없는 어린 왕자의 요구가, 내가 지금 목숨 걸고 몰입해 있는 일 보다 더 근본적이고 중요한 일이라는 것을 서서히 깨닫게 되 는 것이다. 그뿐만이 아니다. 바로 그 깨달음에 의해 '나'는 그 절체절명의 위기에서 벗어날 수 있는 힘을 얻게 된다. 작품 속 의 화자가 그 절체절명의 위기에서 벗어날 수 있었던 것은 삶 을 향한 맹목적 의지 덕분도 아니고 비행기 수리 기술 덕분도 아니다. 어린 왕자의 출현을 통해 새롭게 깨달음을 얻은 덕분 이다. 가장 비현실적인 존재가 현실적으로 가장 절박한 문제를 해결해준 셈이다. 『어린 왕자』라는 작품 전체는 바로 그 이상한 일, 어린 왕자의 출현이라는 신비체험에 의해 내가 뒤집히고 새로 태어나는 이야기이다. 그래서 그 위기에서 벗어나게 되는 이야기이다.

어떻게 그런 일이 가능했을까? 도대체 어린 왕자가 누구이 기에 그런 위기의 순간에 출현해서 어처구니없는 요구를 하게 된 것일까? 화자가 직면해 있는 절박한 상황을 하나도 심각하 게 생각하지 않는 어린 왕자가, 그의 황당한 요구가, 어떻게 그 위기에서 벗어날 수 있는 힘을 주게 된 것일까?

어른들과 비슷해지게 된 나, 화가를 포기하고 비행기 조종사가 되다.

작품 맨 앞으로 돌아가 보자. '나'는 여섯 살 때 정글의 모험에 관한 책을 읽은 후, 코끼리를 통째로 삼킨 채 소화하고 있는 '보아뱀 그림'을 상상력을 발휘해서 그린다. 모두 두 장이다. 한 장은 구렁이 배 속이 보이지 않는 그림이고 다른 한 장은 속이 보이는 그림이다. '나'는 속이 보이지 않는 그림을 어른들에게 보여주며 무섭지 않냐고 묻는다. 어른들은 모자가 뭐가 무섭겠냐고 답한다.

어른들은 보이지 않는 것을 볼 줄 모르기 때문이다. 그래서 이번에는 속이 보이는 열린 그림을 어른들을 위해 그린다. 그러자 어른들은 그런 쓸데없는 그림 따위는 집어치우고 지리, 역사, 산수, 문법 등을 공부하라고 충고한다. 어른들이라면 아이들에게 언제나 해주는 잔소리이다. 그만 놀고 공부나 하라는 잔소리이다.

쓸데없는 짓 집어치우고 유익한 공부나 하라는 어른들의 충고는 말 그대로 현실적으로 유익한 충고이다. '나'는 도리 없이 그 충고를 따른다. 그래서 화가가 되는 길을 포기하고 비행기 조종사가 된다. 화가의 길을 포기하고 비행기 조종사가 된 자신에 대해 작품의 화자는 '나는 아마도 얼마쯤은 어른이 되어 버린 것인지 모른다'(29쪽)라고 말한다. 무슨 말인가? 어릴 때 간직했던 꿈으로부터 멀어졌다는 말이다. 남들이 정상이라고 여기는 어른으로 성장하는 길로 들어섰다는 말이다.

그런데 왜 '나는 어른이 되었다'라는 표현 대신 '나는 얼마쯤은 어른이 되어 버린 것인지 모른다'라는 표현을 쓴 것일까? 내가 완전히 어른이 되지는 않았다는 것을 말하고 싶어서이다. 어른들의 충고로 쓸데없는 그림 따위는 팽개쳤지만 그림을 향한 꿈을 완전히 버리지는 않았다는 것을 말하고 싶어서이다. 그래서 '나'는 어렸을 때 그린, 속이 보이지 않는 보아뱀 그림을 언제나 간직하고 다닌다. 그리고 조금이라도 총명해 보이는 어른들을 만나면 그 그림을 보여주며 무섭지 않냐고 묻는다. 그가 꿈을 간직한 사람인지 알고 싶어서이다.

'나'는 물론 매번 실망을 경험한다. 하지만 결코 그림을 버리지는 않는다. 그 꿈이 너무 소중해서이다. 나와 마찬가지로 어린 시절의 꿈을 간직하고 있는 사람을 한번 만나고 싶다는 간절한 소망이 너무 컸기 때문이다. 그 꿈을 완전히 잃어버리고 완전히 어른이 되어버린 사람들 사이에서 사는 것이 너무나 힘들고 외로웠기 때문이다.

어른들의 충고에 따라 화가의 길을 포기한 내가 왜 하필 비행기 조종사가 되었겠는가? 그 꿈을 완전히 잃지 않았기 때문이다. 비행기라는 기구 자체가 바로 하늘을 날고 싶다는 인간의 꿈이 만들어 낸 결과가 아니겠는가? 화자는 비행기를 조종하고 하늘을 날면서 '나'는 내가 그 꿈을 완전히 포기하지 않았다는 것, 내게는 여전히 하늘을 날고 싶다는 꿈이 있다는 것을 확인하지 않았겠는가! 그렇다면 사막에서 맞이한 절체절명의 순간에 '나'가 어린 왕자를 만난 것은 너무나 당연하다. 그는 바로 '나'의 꿈의 화신이기에…….

보이지 않는 것을 보려는 노력을 하지 마라,
꿈이나 이상 따위는 아무 쓸모없으니 버려라.

속이 보이지 않는 뱀이건 속이 보이는 뱀이건 쓸데없는 짓 그만두고 유익한 공부를 하라는 어른들의 충고는 구체적으로 무슨 충고일까? 단도직입적으로 말하자면 '네가 좋아하는 것을 하지 말라'는 충고이다. 좋아하는 것만 하고 있다가는 험한 세상 살아가기 힘들다는 충고이다. 두 눈 똑바로 뜨고 세상 제대로 바라보라는 충고이다. 제발 꿈에서 깨어나라는 충고이다.

그 충고를 받아들이면 어떻게 될까? 어른들처럼 성장하게 된다. 어른들처럼 성장하다니? 당연한 소리 아닌가? 사람은 누구나 태어나서 나이를 먹고 어른으로 성장한 뒤 죽는 것이 아닌가? 그 누구도 부정할 수 없는 명백한 사실 아닌가? 그 충고를 받아들인다는 것은 그 누구도 따를 수밖에 없는 삶의 길을 따르는 것이 아닌가?

그런데 그게 그렇게 간단하지 않다.

물리적으로 우리는 세상에 태어나 성장하고 죽는다. 아주 길어야 백 년 남짓이다. 이게 두 눈 똑바로 뜨고 본 우리의 현실이다. 우리의 삶을 그렇게 물리적으로만 본다면 어른이 되어간다는 것은 '성장하는 동시에 쇠퇴하는' 삶을 살아가는 것이 된다. 하지만 우리의 삶은 그렇게만 이루어지지는 않는다. 성장하고 기울어지는 삶과는 또 다른 삶이 있다. 바로 '탈바꿈의 삶'이다. 우리는 모두 한세상을 살아가게 되어 있지만, 성장하고 쇠퇴한 후에 죽음을 맞이하는 삶, 매듭이 없는 삶을 살 수도 있고 '깨달음'을 통해 여러 번 '다시 태어나는 삶'을 살 수도 있다.

다시 태어난다는 것은 무엇을 의미하는가? 이전보다 더 큰 눈으로 세상을 바라볼 수 있게 되었다는 것을 말한다. 이전과는 전혀 다른 눈으로 세상을 바라볼 수 있게 되었다는 것을 말한다. 이전보다 더 큰 눈으로, 이전과는 다른 눈으로 세상을 보고 살 수 있다면 그것은 세상을 여러 번 산 셈이 된다. 다른 눈으로 보고 사는 삶은 그 이전과는 다른 새로운 삶이기 때문이다.

'좋아하는 것 집어치우고 네게 유익한 공부를 하라'는 충고는 주어진 조건 내에서 최선을 다하라는 충고이기도 하다. 다른 데 한눈팔지 말라는 충고이기도 하다. 아주 당연하고 유익한 충고이다. 우리가 세상에 태어나서 부모에게 듣는 충고는 대개 그런 충고이다. 우리가 학교에 다니면서 배우는 것들도 바로 그런 것들이다. 그 충고를 받아들이면 얻는 게 많다. 다른 사람들로부터 어른 대접도 받고 똑똑하다는 소리도 듣는다. 그럭저럭 세속적인 성공의 길을 걸으며 살아갈 수 있다.

그런데 문제가 있다. 태어나면서부터 학교를 졸업할 때까지 온통 그 충고만 받아들이고 살다 보면 그것만이 전부인 사람이 되어버린다는 게 문제이다. 다른 것을 볼 줄 모르는 사람이 되어버린다는 게 문제이다.

'속이 보이는 뱀이건 속이 보이지 않는 뱀이건 쓸데없는 그림 따위 집어치우고 유익한 공부를 하라'는 어른들의 충고는 말 그대로 유익한 충고이다. 하지만 너무 유익해서 문제이다. 그 충고 자체가 너무 유익한 충고라서 유익하지 않은 것을 볼 줄 아는 능력이 사라지게 된다. 세상 바라보는 눈이 아주 단순해진다. 1차원적이 된다. 세상 바라보는 눈이 단순해지니까 세상도 단순해진다. 지금 우리가 살아가는 세상이 대체로 그렇다.

'잘 산다는 것'이 어떤 것인지 한 번 생각해보자. 우리는 흔히 말한다. '훌륭한 사람이 잘사는 세상이 되었으면 좋겠어.' '착한 사람이 잘사는 사람이 되었으면 좋겠어.' 아주 좋은 말인 것 같지만 아주 위험한 말이기도 하다. 잘 산다는 것의 의미를 은연중에 경제적으로 넉넉한 삶을 사는 것으로 환원하고 있기 때문이다. 정확히 말하자면 훌륭한 사람이 된 것, 착한 사람이 된 것만으로도 이미 충분히 잘 산 셈이다. 그런데 '착한 사람이 잘사는 세상이 되었으면 좋겠어'라고 말하는 순간 착하게 사는 삶은 경제적으로 잘 사는 삶보다 못한 삶이 되어버린다. 경제적으로 보상을 받지 못하면 모든 삶이 잘 살지 못한 삶이 되어버린다. 경제적인 보상을 받지 못하면 의미가 없는 삶이 되어버린다. 그게 바로 우리 현대인들의 모습이다. 그래서 세상은 경제적으로 잘살기 위한 무한 경쟁의 무대가 되고 실력을 쌓는 게 우선적인 목표가 되어버린다.

그러니 어른들의 충고만 뒤따르다 보면 얻는 것도 있지만 그 이상으로 잃는 것도 많다. 우선 보이지 않는 것을 볼 줄 아는 능력을 잃는다. 닫힌 보아 구렁이 그림을 어른들에게 보여주며 무섭지 않냐고 묻던 어린 시절의 나는, 보이지 않는 것을 볼 줄 아는 잠재능력을 지니고 있었다. 그런데 어른들의 충고를 받아들이면서 그 잠재능력은 조금도 발전하지 않는다. 오히려 퇴보하고 사라진다. 보이지 않는 것을 볼 능력을 잃었으니 꿈도 잃게 된다. 눈앞에 닥친 문제들을 해결할 수 있는 능력은 발달했는지 모르지만, 더 멀리 보는 능력은 쇠퇴한다. 그러니 보이지 않는 것을 꿈꾸는 능력은 더 말할 필요가 없다.

생텍쥐페리는 어린 시절 잃어버린 것이 바로 꿈이라는 사실을 『어린 왕자』를 통해 아주 확실하게 보여준다. '나'는 좀 총명해 보이는 사람을 만나면 주머니에 항상 지니고 다니던 그림을 보여준다. 혹시 '무섭다'는 반응을 보일지 기대하며. 하지만 늘 '모자네'라는 대답만 듣는다. 그러자 화자는 쓴다. '그러면 나는 그에게 보아뱀에 대해서도, 처녀림에 대해서도, 별에 대해서도 이야기하지 않았다'(12쪽)라고…….

보아뱀 이야기와 함께 왜 '별'이라는 단어가 느닷없이 나왔을까? 어린 시절 잃은 것이 바로 꿈이며 이상이라는 것을 보여주기 위해서이다. 별이 무엇을 의미하는가? 바로 이상을 의미한다. 꿈을 의미한다. 그러니 '좋아하는 것 제쳐두고 유익한 것을 공부하라'는 어른들의 충고는 '보이지 않는 것을 보려는 노력 하지 말아라, 꿈이나 이상 따위는 아무 쓸모없으니 버려라'라는 충고이기도 하다. 그 꿈이나 이상을 버리면 어떻게 되는가? 바로 자기 자신을 잃게 된다. 꿈을 꿀 줄 아는 자기 자신을 잃게 된다. 이게 대체 무슨 말일까?

꿈꾸는 자아를 찾아서! 삶의 비밀을 깨치려고 애쓰는 자아를 찾아서!

나는 누구인가? 누구나 던질 수 있는 질문이다. 조금 더 명확하게 질문을 바꾸자. 나를 나답게 만들어주는 것은 무엇인가? 그 질문은 조금 거창하게 과연 인간을 인간답게 만들어주는 것은 무엇인가라는 질문으로 바꿀 수도 있다. 누구나 던질 수 있는 간단한 질문처럼 보이지만 답은 그리 간단하지 않다. 인류사의 온갖 철학적·종교적 성찰의 핵심을 차지하는 것이 바로 그 질문이다. 그 질문은 좀 더 간단하게 '자아란 무엇인가?'라는 질문으로 바꿀 수도 있다.

청소년기를 흔히 자아를 찾는 시기라고 말한다. 자기가 누구인지 알아가는 시기라는 뜻이다. 남들과의 관계 속에서 자기 자신을 바라볼 줄 알게 되었다는 뜻이다. 그런데 우리는 대개 그 자아를 '생각하는 자아'의 의미로 사용한다.

프랑스의 철학자인 데카르트(René Descartes, 1596~1650)가 '나는 생각한다, 고로 나는 존재한다'라는 명제를 내세운 이래 많은 사람이 당연하게 받아들이고 있는 자아의 모습이다. 데카르트는 17세기 프랑스의 합리주의 철학자이다. 인간이 인간다운 것은 인간에게 이성이 있기 때문이라고 말한 사람이다. 지금 우리는 대개 데카르트의 생각에 물들어 있다. 그래서 '내가 사람답게 살 수 있는 것은 내가 생각할 줄 알기 때문이다. 사람인 내가 동물과 다른 것은 내가 생각할 줄 알기 때문이다'라고 말한다. 너무나 지당해 보인다. 하지만 '내 속엔 내가 너무도 많아'라고 읊은 '시인과 촌장'의 「가시나무」라는 노래에 귀 기울이지 않더라도 내 속에는 그렇게 '생각하는 자아'만이 들어있지 않다.

　　상상력의 코페르니쿠스적 혁명이라는 커다란 업적을 남긴 프랑스의 철학자 가스통 바슐라르(Gaston Bachelard, 1884~1962)는 기나긴 우여곡절 끝에 인간에게는 생각하는 자아만이 아니라 상상하는 자아도 동등하게 활동하고 있음을 밝혔다. 데카르트가 확립한 합리주의에 의하면 상상력은 인간의 이성이 깨이기 전의 유치한 인식의 활동이다. 그래서 상상력은 세상을 제대로 보는 데 방해가 된다. 그런데 바슐라르는 인간을 인간답게 해주는 것은 실은 이성이 아니라 '인간의 상상력'이라는 아주 혁명적인 발상을 한 사람이다. 그는 '나는 생각한다. 고로 나는 존재한다'라는 데카르트의 명제를 '나는 상상한다, 고로 나는 존재한다'라는 명제로 바꿀 수 있게 해준 사람이다. 그리고 그가 쓴 책 제목의 하나가 『꿈꿀 권리』이다. 말하자면 '상상하는 자아는 바로 꿈꾸는 자아'인 셈이다.

데카르트가 내세운 생각하는 자아는 두 눈 똑바로 뜨고 세상을 바라보는 자아이다. 복잡한 이 세상과 일정한 거리를 두고 어떤 식으로건 그 정체를 밝히려는 자아이다. 복잡한 세상을 관통하는 법칙을 발견해 내려고 애쓰는 자아이다. 그 자아 앞에서 이 세상은 풀어야 할 어려운 수학 문제 같은 것이 된다.

반대로 꿈꾸는 자아는 '자신의 내면을 성찰하는 자아'이다. '삶의 의미를 묻는 자아'이다. 그 자아는 '호기심을 가진 자아'이며, 세상과의 거리를 좁혀 '세상을 이해하고 세상과 화합하려는 자아'이다. 그 자아는 '삶의 비밀을 깨치려고 애쓰는 자아'이다.

'어린 왕자'는 나의 또 다른 자아이자 분신, 바로 '꿈꾸는 나'의 화신

『어린 왕자』 속 어린 시절의 '나'는, 누구나 그렇듯이 그 두 자아를 지니고 있다. 그런데 어른들의 충고에 의해 생각하는 자아만 열심히 활동하게 된다. 거꾸로 꿈꾸는 자아의 활동은 정지된다. 생각하는 자아만 성장 발달하고 꿈꾸는 자아는 성장을 멈춘다. 그래서 눈앞의 현실적 문제는 쉽게 해결할 수 있는 똑똑한 어른이 된다.

하지만 삶의 근본적 의미에 대해서는 무지한 존재가 된다. 삶의 근본적 의미에 대해 질문을 던지는 자아는 여섯 살 이후 성장을 멈춘 채 미성숙의 상태로 남아 있기 때문이다. 삶의 비밀을 깨치는 배움의 길로는 들어서 보지 않았기 때문이다. 삶의 비밀에 대해서는 배운 게 없기 때문이다.

어른들의 충고에 따라서 지리, 역사, 산수, 문법 등을 공부하면서 '나'의 생각하는 자아는 제대로 성장한다. 하지만 내 안의 꿈꾸는 자아는 성장을 멈춘 채 숨겨져 있다. 그래서 스스로 내 안의 '꿈꾸는 자아'를 낯설게 여기게 된다. 내 안에 꿈꾸는 자아가 들어있는지 아닌지도 모르게 된다.

우리 주변을, 아니 자기 자신만 돌아보아도 우리는 꿈꾸는 자아를 잃고 살아가고 있음을 쉽게 확인할 수 있다.

당신이 대학에 들어가기 위해 아무 생각 없이 입시 공부에만 몰두해 있던 청소년기를 지냈다면 당신은 꿈꾸는 자아를 잃은 것이다. 순전히 점수에 맞추어 대학을 선택했다면 그도 마찬가지이다. 일류기업에 취업하는 것에 대학 생활의 초점이 맞추어 있다면 그 또한 마찬가지이다. 사회에 나와서도 여전히 현실적인 성공만을 목표로 삼고 살고 있다면 그것도 매한가지다.

사람들과 어우러져 살면서 필요한 덕목들, 사람들과 함께 나누는 정(情) 같은 것은 아무 소용이 없다고, 그보다는 현실적인 성공이 그 무엇보다 중요하다고, 정 따위는 그런 성공에 방해만 될 뿐이라고 믿고 있다면 당신의 꿈꾸는 자아는 성장을 멈추고 있다는 증거이다. 그런 현실적인 성공에다가 '내 꿈'이라는 수식어를 자주 갖다 붙인다면 그것은 당신에게서 꿈이 사라진 아주 확실한 증거이다. '내 꿈은 큰 회사 사장이 되는 거야, 내 꿈은 정치가가 되는 거야, 내 꿈은 교수나 판사가 되는 거야'라고 힘주어 말할수록 당신은 꿈이 없는 존재가 된다. 그렇게 말할 때의 '꿈'은 꿈이 아니라 '현실적인 성공'일 뿐이다.

그런 것들과 『어린 왕자』의 꿈은 다르다. 『어린 왕자』의 꿈은 내 속의 '또 다른 내'가 꾸어야 하는 꿈이다. 현실 속에서 잊고 있던 나의 또 다른 자아가 꾸어야 하는 꿈이다.

'어린 왕자'는 바로 그렇게 자신도 잊고 있던 나의 또 다른 자아, 성장을 멈춘 또 다른 자아이다. 어린 왕자는 바로 나의 또 다른 분신인 것이다. 어린 왕자는 '꿈꾸는 나', 바로 그것의 화신인 것이다.

그렇다면 어린 왕자는 왜 사느냐 죽느냐의 절체절명의 순간에 화자 앞에 나타난 것일까? 꿈은 여유로울 때라야 꿀 수 있는 것이 아닌가? 지금은 정말 긴박한 실존적 문제에 몰입해 있을 때가 아닌가? 그 상황에서 꿈이란 것은 정말 사치스러운 것이 아닌가? 목숨이 경각에 달린 상황에서 꿈 따위가 무슨 소용이란 말인가?

홀로 죽음이라는 거대한 실존과 마주한 절대고독의 상황

'어린 왕자'는 화자 내부의 또 다른 자아이다. 더 쉽게 말한다면 화자 속에 들어있는 또 다른 '나'의 모습이다. 평소에는 잊고 있던 또 다른 나의 모습이다. 그 또 다른 '나'가 목숨이 경각에 달린 위기의 순간에 나타난다. 얼핏 보면 너무 황당하다 못해 신비스럽기까지 하다. 하지만 사실 너무 당연한 일이기도 하다. 어째서 당연한 일일까?

작품의 '나'는 사느냐 죽느냐의 절체절명의 순간을 맞이하고 있다. 이대로 죽을지도 모른다는 두려움에 휩싸여 있다. 게다가 곁에는 아무도 없다. 이른바 절대고독에 처해 있다. 홀로 죽음이라는 거대한 실존과 마주한 상황! 그것이 바로 절대고독의 상황이 아니고 무엇이겠는가. 현실의 일상에 치여 하루하루 숨 가쁘게 살다 보면 우리는 그런 절대고독의 순간을 맞기 어렵다. 하지만 실은 그런 절대고독의 순간을 잊고 살고 있을 뿐이다. 사람은 누구나 죽음을 피할 수 없다. 그리고 그 죽음은 오롯이 나만이 마주하고 감당해야 하는 실존이다. 사실상 우리는 언제고 절대고독에 빠질 준비가 되어 있는 셈이다. 그러니『어린 왕자』속의 '나'의 상황을 상상해보는 일은 그렇게 어려운 일이 아니다. 잠시 눈을 감고 우리의 삶에 대해 곰곰 생각해보는 것으로 족하다. 자, 이제 작품의 '나'와 같이 그 절체절명의 순간으로 가보자.

그 순간 우리가 취할 수 있는 태도는 어떤 것이 있을까? 우선은 둘이 떠오른다. 어떻게 해서라도 살아 돌아가야겠다는 삶의 의지를 불태우는 태도. 반대로 체념과 절망에 빠져 삶을 포기해버리는 태도. 사느냐 죽느냐의 막다른 골목에서 그 양자택일의 길밖에는 없는 듯이 보인다. 우리는 대개 그 둘 중 하나를 택하는 데만 익숙해 있다.

죽음 앞에서 펼쳐지는 삶에 관한 근본적이고 절박한 질문들

하지만 그와는 다른 태도가 또 있다. 죽음을 눈앞에 두고 자신의 삶 전체를 되돌아보고 질문을 던지는 것. 도대체 산다는 게 뭐지? 잘산다는 건 뭐지? 나는 과연 잘살아오긴 한 건가? 그리고 이어지는 질문. 도대체 나는 어디로 와서 어디로 가는 거지? 삶 자체에 대한 근본적인 그 질문! 그 질문은 죽음을 눈앞에 둔 위기의 순간에 누구나 떠올릴 수 있는 질문이며 떠올려야 하는 질문이기도 하다.

그 질문은 필경 자신의 삶 전체를 되돌아보고 자신의 삶 전체를 반성하게 만든다. 그 누구든 완전히 만족할 만한 삶을 산다는 것은 불가능하기 때문이다. 그 반성은 자기가 살아오면서 이룬 것들을 향한 아쉬움이나 후회로 나타나지 않는다. '아, 그때 왜 나는 그렇게 행동했지, 왜 그런 선택을 했지, 아, 조금만 더 노력했다면 더 큰일을 할 수 있었을 것을' 등등의 아쉬움은 죽음을 눈앞에 둔 사람에게는 어울리지 않는다. 그 아쉬움이 너무 현실적이기 때문이다. 죽음은 현실과의 결별을 뜻하지 않는가? 현실과 결별하는 자리에서 현실적인 아쉬움만 토로한다면 그것은 아쉬움이라기보다는 집착이다.

그 상황에 어울리는 아쉬움은 그런 것이 아니다. 자신이 진정으로 하고 싶었지만, 시도조차 해보지 못한 것을 향한 아쉬움이 훨씬 어울린다. 또한, 바쁘 살아오면서 잊고 있던 질문, 너무나 멀리했던 그런 질문들이 어울린다. '나는 누구인가?' '삶이란 무엇인가?' '내가 제대로 살긴 산 건가?' '죽음이란 무엇인가?' '이제 나는 어디로 가는가?' '꿈이란 무엇인가?' '나는 꿈꾸며 살았던가?' '무엇이 되기 위해 살았고, 무엇이 되기 위해 죽는 것인가?' 등등 삶 자체에 대한 근본적인 질문들…….

현실 속에서 어른이 되어간 지금의 내가 던지는 질문이 아니라 스스로도 잊고 있던 내 속의 또 다른 나, 나의 반쪽이 던지는 질문들. 그 절박한 질문들.

내겐 너무도 낯선 나의 반쪽, 나의 분신, 어린 왕자의 출현

'어린 왕자'는 바로 스스로도 잊고 있던 내 속의 또 다른 나, 나의 반쪽이다. 어린 왕자는 어린 시절 성장을 멈춘, 내 안의 꿈꾸는 자아이다. 그 어린 왕자가 절체절명의 위기의 순간에 화자의 눈앞에 나타나는 것은 너무나 자연스럽다. 화자가 꿈을 멀리하고 어른들과 어울리며 살았지만 그 꿈을 완전히 버린 것은 아니기 때문이다. 그 꿈을 완전히 버리지 않았기에 맹목적으로 삶에 집착하지 않게 된다. 그 꿈을 완전히 버리지 않았기에 그냥 체념하고 죽음을 아무 생각 없이 받아들이지 않는다. 그 꿈을 완전히 버리지 않았기에 자신의 삶 전체를 완전히 다른 눈으로 다시 되돌아볼 수 있게 된다.

그런데 왜 어린 왕자의 출현에 '나'의 눈이 휘둥그레지고 그가 신비스럽게 여겨지는 것일까? 어린 왕자는 멀리 있는 존재가 아니라 바로 나의 분신이거늘. 이유는 간단하다. 내 속의 또 다른 나를 스스로도 낯설게 여기는 그런 삶을 살아왔기 때문이다. 내 속의 또 다른 나를 너무 잊고 살았기 때문이다. 그 나의 분신에 어울리는 세상과는 너무 다른 세상에서 살아왔기 때문이다. 너무나 반쪽으로 살아왔기 때문이다. 그 반쪽을 자기의 전부로 착각하고 살아왔기 때문이다.

어린 왕자, 내 속의 또 다른 나는, 현실 속의 나와는 다른 눈으로 세상을 본다. 현실 속의 나와는 전혀 다른 질문을 한다. 그 순간 모든 것이 뒤집힌다. 그동안 내가 정말 중요시하던 것들이 시들해진다. 정작 중요한 질문은 던지지도 않은 채 낭비한 세월을 향한 뼈저린 후회가 가슴을 친다. '난 참 바보처럼 살았군요'라는 김도향의 노래처럼, '난 정말 잘 못 살아왔잖아'라고 고개를 떨구게 된다. 나름대로 열심히 살아왔고 이제 그 끝에 와 있는데도 '〈산다는 것〉에 대해 나는 아는 게 하나도 없이 살았잖아'라는 자괴감에 젖게 된다.

그렇다고 되돌릴 수는 없다. 다시 살 수도 없다. 적어도 물리적으로는 그렇다. 내 속의 또 다른 나, 세상 모든 것에 호기심을 잔뜩 지닌 채 자기가 좋아하는 일을 실컷 하는 나, 실컷 꿈을 꾸는 나를 다시 세상으로 되돌려 보낼 수는 없다. 살아간다는 것의 의미, 그 비밀을 깨치려 애쓰는 삶을 처음부터 다시 살 수 없다. 조급하다. 정말 '덧없이 세월을 흘려보낸 후', '갑자기 텅 빈 내 마음'을 보고 '난 참 바보처럼 살았군요'라고 한탄만 하게 된다.

절망의 문 앞에서 마주친 삶의 비밀에 대한 깨우침

그러나 전혀 절망할 필요가 없다. 그 깨달음은 기나긴 물리적 시간을 필요로 하지 않기 때문이다. 그 깨달음은 어느 순간 갑작스레 찾아올 수도 있기 때문이다. 그 깨달음을 통해 단번에 탈바꿈을 할 가능성이 우리 모두에게 열려 있기 때문이다. 순간적인 깨달음을 통해 내 삶 전체에 의미를 줄 수 있는 가능성이 우리 모두에게 열려 있기 때문이다.

그 깨달음은 불교의 돈오(頓悟) 같은 것이요, 종교적 회심의 순간 같은 것이다. 종교적 신앙 간증에서 우리는 그러한 깨달음의 예를 얼마나 많이 보고 들을 수 있는가. '아, 내가 이제까지 정말 잘못 생각했구나!' '아 이제까지 나는 정말 제대로 볼줄 몰랐구나!' 하는 깨달음이 오는 순간—우리는 살면서 그런 경험을 무수히 한다—우리는 새롭게 살 준비를 하게 되는 셈이다.

『어린 왕자』는 그 깨달음의 책이다. 꿈을 꾸는 자아가 세상을 배워가며 성숙해 가는 행로 자체이다. 여섯 살 때 어른들의 충고에 의해 성장을 멈춘 내 속의 꿈 꾸는 자아가, 현실 속의 나와는 전혀 다른 눈을 가지고, 전혀 다른 질문을 하면서, 전혀 다른 방법으로, 자신의 궁금증을 풀어가는, 삶의 비밀을 깨우쳐 가는 책이다. 자신의 별을 떠나 이상한 어른들이 사는 별을 방문하고 지구까지 와서 스승 여우를 만나는 어린 왕자의 행로는, 현실 속의 나와는 전혀 다른 방식으로 세상 살아가는 법을 배우는 수련의 여정이고 깨침의 여정이다.

어린 왕자, 즉 내 속의 또 다른 나는 지리, 역사, 산수, 문법 등을 공부할 때와는 다른 방식으로 세상을 배운다. 그 배움의 방식은 지리, 역사, 산수, 문법을 배우는 것과는 다르다. 지리, 역사, 산수, 문법을 배우면 지식이 차근차근 쌓인다. 하지만 어린 왕자는 배움을 통해 삶의 지혜를 얻게 된다. 삶의 비밀을 깨치게 된다. 그 배움의 과정에서는 반드시 스승이 필요하다. 손가락으로 멀리 달을 가리키는 스승이 필요하다. 그곳으로 가는 길을 안내해 주는 스승이 필요하다. 어린 왕자는 그 배움의 과정에서 스승 여우를 만난다. 여우는 어린 왕자를 깨우침의 길로 안내하는 인도자이다.

그런데 그 배움의 과정에서 어린 왕자는 스승 여우를 만나기 전에 이상한 어른들을 먼저 만난다. 왜 그 배움의 과정에서 곧바로 스승 여우를 만나지 않고 그 이상한 어른들을 먼저 만나는 것일까? 그들은 누구인가? 만날 때마다 '어른들은 정말, 정말 이상해'라며 고개를 갸우뚱거리게 만든 그들에게서 어린 왕자는 과연 무엇을 배운 것일까?

여섯 개의 별에서 만난 이상한 어른들, 그러나 친숙한 사람들

장미와의 불화로 인해 자신의 별을 떠나온 어린 왕자는 어른들이 살고 있는 여섯 개의 별을 차례차례 방문한다. 각각의 별에는 왕, 허영쟁이, 술꾼, 사업가, 점등사, 지리학자가 살고 있다. 그들을 만나고 떠나올 때마다 어린 왕자는 '어른들은 정말 이상해'라고 혼잣말을 하게 된다. 그리고 『어린 왕자』 책을 읽는 우리는 누구나 어린 왕자의 입장이 되어 그 어른들을 이상한 사람들이라고 생각한다.

하지만 그들은 정말 이상한 사람들일까? 아니다. 하나도 이상한 사람들이 아니다. 우리가 우리 곁에서 늘 친숙하게 보는 사람들이다. 세상에는 왕처럼 권력을 지닌 사람들이 있고, 자존심과 명예에 모든 것을 다 거는 사람들도 있다. 우리 주변에 술꾼은 얼마나 많으며, 사업가는 굳이 말하지 않아도 답이 딱 나오는 어른들의 자화상 아닌가. 게다가 명령에 충실한 군인, 끊임없이 앎에의 욕구에 파묻혀 사는 학자는 더 설명할 필요도 없을 것이다.

그뿐이 아니다. 어찌 보면 그들은 우리 모두 선망하고 본받으려는 사람들이다. 술꾼은 예외로 치더라도 나머지 어른들의 모습은 대부분 사람이 성취하고 싶은 삶의 목표를 대변하기도 한다. 왕의 권위나 권력은 감히 넘보기 어려운 선망의 대상이고, 남들로부터 찬양을 받는 명예로운 삶, 그래서 자존심을 지킬 수 있는 삶은 누구나 부러워한다. 훌륭한 사업가가 되는 것이 로망인 사람은 상당히 많으며 용감한 군인이 되거나 훌륭한 학자가 되길 꿈꾸는 젊은이들도 아주 많다.

그러니 사실상 그들은 우리가 한세상 살면서 가장 중요하게 생각하는 가치들을 대표하고 있다. 그들은 우리 누구나 지닌 자연스러운 욕망 그 자체이기도 하다. 그러니 그들은 말 그대로 이상한 존재들이 아니다. 『어린 왕자』에 등장하는 어른들은 사실 우리에게 너무 가깝고 익숙한 존재들이다.

우리의 자화상, 진지한 고민 없이 이름표에 연연하는 삶

어린 왕자가 그들을 제일 먼저 만나는 것은 그 무언가 본받을 것이 있는 사람들을 만나서 가르침을 받기 위해서이다. 작품에도 '배움을 얻기 위해'라는 표현이 분명히 나온다(55쪽). 도술을 익히겠다는 뜻을 품은 젊은이가 괴나리봇짐을 둘러메고 명성이 자자한 고수를 찾아 나서는 것과 같다. 그런데 어린 왕자는 그들을 만난 후 그 무언가를 배우기는커녕 어른들은 정말, 정말 이상하다는 생각만 점점 더 굳어지게 된다. 왜 그럴까? 그 훌륭한 어른들에게 어떤 공통적 결함이 있어 어린 왕자의 고개를 갸우뚱하게 만드는 것일까?

단도직입적으로 말하자. 그들 모두에게는 '정말 중요한 그 무언가'가 빠져 있기 때문이다. 왕을 예로 들어보자. 왕이 왕일 수 있는 것은 신하가 있고 백성이 있기 때문이다. 진짜 왕이란 그 넓은 망토 자락으로 신하와 백성을 감싸는 존재이다. 왕의 권위는 '군림하는 권위'가 아니라 '감싸는 권위'이다. 그게 왕이라는 이름에 걸맞은 명분이요, 역할이다.

그런데 어린 왕자가 만난 왕에게는 신하도 없고 백성도 없다. 저 혼자 존재하고, 군림할 뿐이다. 그러니 있는 것은 왕이라는 허울 좋은 이름뿐이다. 그러니 왕이 어떤 존재이지? 왕이란 무슨 일을 해야 하지? 어떻게 해야 이름에 걸맞은 왕이 될 수 있지? 라는 고민이 없다. 그 고민 없이 왕이라는 허울 좋은 이름에 집착해서 '나는 왕이다, 나는 왕이다'라는 자기 최면에 도취해 있다.

다른 어른들도 마찬가지다. '자존심'은 남들이 자신을 존중할 때 비로소 생길 수 있는 것인데 '허영심'에 그득 찬 어른은 남들은 모두 자신을 찬양한다는 착각 속에서 살아간다. 그 착각 때문에 자기 자랑을 늘어놓으며 '자만심'에 부풀지만 정작 자신을 찬양하는 사람은 하나도 없는 그런 거짓된 삶을 산다. 사업가는 돈을 실제로 어디다 쓸 것인가라는 고민은 하나도 없이 그냥 돈을 셈하고 모으는 데만 몰두해 있고, 학자는 구체적 세상 경험과는 담을 쌓고, 그래서 실제 삶에 대해서는 아무것도 모르는 채 자신이 대단히 중요한 일을 하고 있다는 착각 속에 빠져 있다.

어린 왕자의 눈에 그들이 이상하게 비친 것은 그들이 왕이기 때문이 아니다. 명예를 존중하는 사람이기 때문이 아니다. 사업가이기 때문도 아니고, 학자이기 때문도 아니다. 그들이 '그 이름에 걸맞지 않은 삶'을 살고 있기 때문이다. 그 '이름과는 너무 동떨어진 삶'을 살고 있기 때문이다.

권위, 명예, 돈, 지식은 대체 무엇인가? 왜 필요한가?

왜 그런 일이 벌어진 것일까? 여기에 아주 큰 역설이 존재한다. 그 어른들이 너무 중요한 자리를 차지하고 있는 존재이기 때문이다. 그 어른들이 대변하는 권위, 명예, 돈, 지식 등이 너무 중요한 가치이기 때문이다. 그래서 그 이름 자체가 주는 유혹이 너무 크기 때문이다. 그 이름 자체의 후광에 가려 그 이름에 걸맞은 실질적 명분과 역할이 사라졌기 때문이다. 권위, 명예, 돈, 지식이 무엇이지? 그게 왜 필요하지? 그런 것을 얻으려면 어떻게 해야 하지? 그런 것을 얻은 다음에는 어떻게 처신해야 하지? 라는 고민은 사라진 채 그 이름 자체가 목표가 되어버린 채 그 이름에 갇혀 살기 때문이다.

그렇다면 우리는 쉽사리 어린 왕자의 입장이 되어 그들을 이상한 사람이라고 여길 수가 없다. 정권을 잡는 것만이 최종의 목표인 정치인, 어떻게 해서든 돈을 버는 것이 지상의 목표인 사업가, 남이야 뭐라고 하건 말건 자기 자랑에 여념이 없는 허풍쟁이, 상아탑이라는 미명하에 세상사와 등을 지고 살아가는 학자들은 바로 우리 자신의 모습이기 때문이다.

그뿐인가? 좋은 대학에 들어가면 모든 것이 해결될 것처럼 믿는 청소년, 좋은 기업에 취업하기 위해 스펙 쌓는 데만 열중해 있는 대학생들도 마찬가지이다. 우리는 바로 그 허울뿐인 이름들을 삶의 목표로 정하고 살아가는 것이 아닌가? 권위, 명예, 돈, 지식 등이 그 자체 거의 모든 인간의 꿈을 대신하고 있지 않은가? 어떻게 해서든 출세하는 삶을 사는 것이 우리 모두의 목표가 아니던가?

권위가 무엇인지, 자존심을 지킨다는 것은 무엇인지, 왜 돈을 벌어야 하는지, 공부는 왜 해야 하는지, 도대체 출세라는 것은 왜 해야 하는지 질문조차 해본 적이 없는 그런 맹목적인 삶! 속은 텅 빈 채 간판에만 매달리는 그런 삶! 한 마디로 꿈이 없는 그런 삶!

그런데 어린 왕자는 그들을 이상하다고 생각한다. 지리, 역사, 산수, 문법 등을 공부할 때와는 다른 눈으로 그들을 바라보니까 벌어지는 일이다. 그렇게 다른 눈으로 그들을 보니까 그들은 모두 텅 빈 존재들이 된다. 아무 의미가 없는 삶을 사는 존재들이 된다.

어른이 되어버린 나를 깨뜨리기, 삶의 진짜 스승에게로 가는 길

어린 왕자가 여섯 개의 별에 사는 어른들을 만나면서 그들이 정말 이상하다고 생각하게 되는 것! 이게 바로 새로운 배움의 길로 들어서는 첫걸음이다. 우리가 새로운 배움의 길로 들어서려면, 전혀 새로운 눈으로 세상을 볼 수 있게 되려면, 그래서 완전히 새로운 삶을 살려면 어떻게 해야 하는가?

우선은 '자기 부정'의 아픈 과정을 겪어야 한다. 이전까지 자신에게 가장 익숙하던 것, 가장 당연하다고 여기고 있던 것에 '의심의 눈초리'를 던져야 한다. 새롭게 깨달음의 길로 들어서기 전의 자신을 다 버려야 한다. '재탄생'을 위한 '죽음'이요, '재탄생'을 위한 '통과제의'이다.

여기서 어린 왕자가 만난 어른들에 대해 다시 생각해보자.

어린 왕자가 이상하다고 생각한 그 어른들은 과연 누구인가? 지리, 역사, 산수, 문법을 배우며 어른과 비슷해진 화자 자신이 아닌가? 달리 말하면 '어린 왕자'의 다른 반쪽 아닌가? 그 이상한 어른들은 밖에 있는 것이 아니라 바로 내 안에 있는 것이 아닌가? 그렇다! 어린 왕자가 여러 별을 여행하며 만난 이상한 어른들은 '나'의 밖에 있는 어른들이 아니다. 그들은 바로 나 자신이기도 하다. 어른들 틈에서 그들과 어울리면서 살아온 나 자신, 그 어른들에게 익숙해진 나 자신, 그래서 어른들과 비슷해진 나 자신이기도 하다. 새롭게 태어난 다른 나인 '어린 왕자'가 들여다본 가장 익숙한 '나'의 모습인 것이다.

그러니 어린 왕자—내 속에서 잠자고 있다가 깨어난 또 다른 '나'—가 어른들을 이상하게 보는 것은 바로 자기 자신을 이상하게 보는 것과 마찬가지이다. 이전에는 내가 왜 이런 것을 당연하게 여겼지? 왜 이런 것을 그렇게 소중하게 생각했지? 왜 이런 일에 목숨 걸었지? 라며 자기 자신을 의심하는 것과 마찬가지이다. 스스로 자기 자신을 이상하게 보는 것과 마찬가지이다. 아무런 꿈도 없이 살아왔던 자기 자신의 삶을 공허하게 보는 것과 마찬가지다.

사실상 그 누구도 결코 쉽사리 깨침의 길로 접어들 수 없다. 실은 그 깨침의 문지방을 넘기조차 어렵다. 『어린 왕자』의 '나'도 마찬가지이다. '나'는 내 속의 어린 왕자를 깨워 삶의 비밀을 깨치는 길로 나섰다. 나는 그 어린 왕자와 함께 새로운 배움의 길로 들어서려 한다. 그 길에 들어서려면 세상 전체를 이전과는 전혀 다른 눈으로 보아야 한다. 세상 전체를 완전히 새로운 눈으로 보아야 한다. 그러니 우선 이전의 나를 철저히 부정해야 한다. 이전의 내가 깨져야 한다. 이전의 나를 버려야 한다.

배움의 길로 나선 어린 왕자가 그 어른들을 먼저 만나서 그들을 부정하는 것은 곧 이전의 자기 자신을 부정하는 것이다. 그것은 스스로 자기 자신을 깨뜨리는 과정이다. 그래야 이전까지 존경의 눈으로 보았던, 배울 것이 있다고 생각했던 어른들을 외면하고 새로운 눈으로 진짜 스승을 만날 자격이 생긴다.

어린 왕자가 스승을 만나기 전에 어른들을 먼저 만나는 것은 그 자격을 갖추기 위해서이다. 그 어른들을 만나서 그들이 정말 이상한 사람들이라는 것을 확인한 후, 즉 내가 이제까지 정말 이상한 사람으로 살아왔다는 것을 확인한 후, 그렇게 자신을 부정하고 버린 후, 비로소 진짜 스승을 만나 진정한 가르침을 받을 준비를 갖출 수 있게 된다. 그 준비를 한 뒤에야 어린 왕자는 진정한 스승 여우를 만날 수 있게 된다.

지구에 막 도착한 애송이, 철부지 어린 왕자

어른들이 사는 별을 방문한 후 어린 왕자는 지구에 도착한다. 지구에 갓 도착한 어린 왕자는 아직 세상 물정 아무것도 모르는 애송이일 뿐이다. 아직 우물 안 개구리일 뿐이다. 이전까지의 '나'와는 다르게 세상을 볼 준비가 되어 있기는 하지만 아직은 아무것도 모르는 백지상태일 뿐이다. 내 속의 또 다른 '나'인 어린 왕자는 여섯 살 이후 성장을 멈추고 말 그대로 어린 상태에 머물러 있기 때문이다. 아직 아무것도 경험하지 못했기 때문이다.

세상 밖으로 나가 본 적이 없는 어린 왕자, 아직 세상 경험이 없는 어린 왕자, 아직 아무것도 배워본 적이 없는 어린 왕자는 정말로 순진하기 그지없는 존재이다. 그가 얼마나 순진하고 세상 물정 모르는 존재인가는 어린 왕자와 장미와의 관계에서 그대로 드러나 있다.

어느 날 어린 왕자의 별로 날아와 싹이 트고 꽃을 피운 장미는 정말 까다로운 성격이었다. 호랑이가 와서 자기를 먹어버릴 수도 있다고 호들갑을 떠는가 하면 자기는 바람이 싫으니 바람막이를 해달라고 떼를 쓰기도 한다. 어린 왕자는 장미를 사랑했지만 하도 까다롭게 구는 바람에 곧 장미를 의심하게 되고 불화가 생기게 된다. 그리고 그 불화의 끝에 자신의 별을 떠나오게 된다. 헤어지는 순간이 되어서야 장미가 실토한다.

"내가 어리석었어." (52쪽)

어린 왕자를 사랑하면서도 그것을 제대로 표현하지 않았다는 사실을 실토한 것이다. 그리고 덧붙인다.

"그렇지만 너도 나만큼 어리석었어."(52쪽)

자신이 어린 왕자를 사랑한다는 것을 눈치 못 챈 어린 왕자도 어리석긴 마찬가지라는 것이다. 어린 왕자 스스로 "나는 그때 아무것도 이해할 줄 몰랐던 거야! 나는 그 꽃을 말이 아니라 행동으로 판단해야 했어. 그 꽃은 나를 향기롭게 했고 나를 빛나게 했어. 도망가지 말았어야 했어! 그 어설픈 꾀 뒤에 숨어 있는 다정함을 알아차렸어야 했어. 꽃이란 그토록 모순되거든! 하지만 나는 너무 어려서 꽃을 사랑할 줄 몰랐던 거야"(50쪽)라고 털어놓는다. 그 누구와 사랑을 했으면서도 그것이 사랑인지도 모르는 사람처럼 철부지가 또 있을까? 하지만 여기서 더 중요한 것은 사랑도 너무 어리면 할 수 없다는 사실이다. 진정한 사랑은 성숙을 필요로 한다. 사람과 세상을 사랑할 줄 아는 자아의 성숙을……. 그 점에서 어린 왕자는 순수하지만 미숙하다.

어린 왕자는 장미와의 불화 끝에 자신의 별을 떠난다. 즉 새로운 배움의 길로 나선다. 어린 왕자가 장미와의 파경 끝에 자신의 별을 떠나 새로운 배움의 길로 나선다는 것이 너무나 재미있다. 누구든 실연의 경험만큼 세상을 새롭게 배운다고 하지 않는가!

어쨌든 어린 왕자는 자신이 알고 있는 것, 가진 거라야 장미 한 그루, 자기 무릎 높이밖에 오지 않는 세 개의 화산뿐이면서 그것이 세상 전부라고 믿고 있는 철부지이다. 세상 전부를 소유하고 있으니 자신이 대단한 존재라고 믿는 그런 철부지이다.

그런 철부지가 처음으로 세상으로 나가 세상을 구경한다. 어떤 일이 벌어지겠는가?

장미정원에서 마주한 사실, 한없이 보잘것없는 나라는 존재

지구에 도착한 어린 왕자는 사람들을 만나겠다는 일념으로 무조건 길을 걷는다. 그러다가 수천 송이의 장미가 피어 있는 정원에 도착한다. 그가 알고 있던 장미는 어린 왕자에게 자기와 같은 종류의 꽃은 이 세상에 자기 하나밖에 없다고 말했거늘! 단 한 군데 정원에 수천 송이의 장미가 아름다운 자태를 뽐내고 있다니! 어린 왕자는 '나는 이 세상에 단 하나뿐인 꽃을 가진 부자라고 생각했는데 평범한 장미 한 그루를 가졌을 뿐이야. 그 꽃과 겨우 무릎까지밖에 오지 않는 세 개의 화산,―게

다가 하나는 아마 영원히 꺼져 있을지 모르는데,—그런 것들은 나를 멋진 왕자로 만들어주지 못하잖아……'(106~107쪽)라며 풀밭에 엎드려 흐느낀다. 자기가 얼마나 좁은 세상에서 살았는지, 자기가 얼마나 보잘것없는 존재인지를 확인하고 슬퍼하는 것이다.

자기가 얼마나 보잘것없는 존재인가를 확인하는 것! 실은 이게 깨달음으로 향하는 첫걸음이다. 김수영 시인은 '모래야, 나는 얼마나 작으냐'라고 한탄하듯 노래했고 프랑스의 철학자 파스칼(Blaise Pascal, 1623~1662)은 '인간은 연약한 갈대에 불과하다'라고 말했다. 왜 내가 모래같이 작은 존재로 여겨지고 연약한 갈대처럼 여겨지는 것일까? 더 큰 것을 보고 더 큰 것을 꿈꾸기 때문이다. 내가 한없이 작은 존재라고 느낄 수 있는 것은 상대적으로 내 이상이 크기 때문이다. 내 눈이 향하는 것, 내가 바라는 것이 크기 때문이다. 그래서 파스칼은 '인간은 비참한 존재이다. 그러나 동시에 인간은 위대한 존재이다. 인간만이 자신이 비참한 존재라는 것을 알기 때문이다'라고 말했다.

단 한 송이의 장미로도 충분히 빛나는 삶

자신이 비참한 존재라는 것을 알게 되면 어떻게 되는가? 그 비참함 때문에 절망의 늪에 빠지게 되는가? 아니다. 자신을 훨씬 뛰어넘는 더 큰 존재를 꿈꾸게 된다. 그리고 앞서 말했듯이 더 큰 존재를 향한 꿈 자체가 자신을 한없이 작은 존재로 여길 수 있게 한 것이기도 하다.

오만함이 인간을 높은 곳으로 이끄는 것이 아니라 겸손함이 인간을 더 높은 곳으로 이끈다. 겸손하게 고개를 숙인 자가 더 높은 것을 보고 있고 오만하게 고개를 쳐든 자가 자기 주변 혹은 자기 발아래만 보게 되는 그 역설! 깨달음을 향해 길을 떠난 자가 우선 마주해야만 하는 진실이 바로 그 역설이다.

자기가 얼마나 보잘것없는 존재인가를 아는 것, 그것이 바로 삶의 비밀을 깨치는 큰길로 가기 위한 필요 조건이다. 정원 한 곳에 수천 송이의 장미가 피어 있는 것을 보고 흐느끼는 어린 왕자! 자신이 얼마나 보잘것없는 존재인가를 알고 흐느끼는 어린 왕자! 어린 왕자는 그 흐느낌으로 인해 진정한 배움의 길로 들어설 준비가 된 셈이다.

어린 왕자는 그 배움을 통해, 스스로 보잘것없다고 느끼는 자기 자신이, 지금 있는 그대로 더없이 소중한 존재라는 것을 깨닫게 될 것이다. 단 한 그루의 장미가 세상 전체와도 바꿀 수 없을 정도로 소중하다는 것을 알게 될 것이다. 단 한 그루의 장미만으로도 세상 전체를 소유한 것과 같다는 것을 알게 될 것이다. 단 한 그루의 장미만으로도 자신의 삶 전체가 의미 있게 빛날 수 있다는 것을 배우게 될 것이다. 그 모든 것을 가르쳐준 스승이 바로 여우이다.

당신에게 있어서 '단 한 그루의 장미'는 무엇인가? 지금 바로 곁에 있는 가족이나 친구, 동료일 수도 있고, 그토록 하찮게 여겼던 나의 일상과 직업일 수도 있고, 어쩌면 세상에서 가장 빛나는 존재일 수 있었을 당신 자신일 수도, 그토록 시시하게 여겼던 당신의 삶 그 자체일 수도 있다. 그렇게 당신만의 장미를 발견할 수 있게 해준 존재, 그가 바로 스승 여우이다. 어린 왕자는 그 흐느낌 끝에 그 스승 여우를 만난다.

관계 창조하기, 서로를 길들이기, 창조적인 만남 갖기

여우는 분명 어린 왕자의 스승이다. 그런데 스승치고는 정말 이상한 스승이다. 우선 어린 왕자가 먼저 만났던 어른들에 비해 너무 초라하다. 너무 평범하다. 그 어른들처럼 자신이 지닌 후광, 자신이 지닌 이름으로 자신을 포장하지 않는다. 어린 왕자가 다른 별에서 왔다고 하니까 거기에는 사냥꾼이 있느냐고 묻는 게 여우이다. 사냥꾼이 없다니까 그러면 닭은 있느냐고 묻는 게 여우이다. 사냥꾼이 없다니까 호기심을 보이다가 닭이 없다니까 한숨을 내쉬는 게 여우이다.

　너무 솔직하다. 아무런 감춤 없이 있는 그대로의 자신의 모습을 다 드러낸다. 우리가 일반적으로 생각하는 근엄한 스승의 모습과는 거리가 멀다. 하지만 바로 그것이 제자에게 삶의 비밀을 전수해주는 스승이 갖추어야 할 조건이기도 하다. 제자에게도 조건이 있듯이 스승에게도 조건이 있는 것, 그것이 바로 깨달음의 길에서 만난 스승과 제자가 필수적으로 갖추어야 할 자세이다. 왜 스승에게도 그런 조건이 필요한가? 그 답은 여우가 어린 왕자에게 가르쳐 준 삶의 비밀 속에 들어있다.

　여우는 어린 왕자에게 자신을 길들여달라고 말한다. 친구가 되자는 뜻이다. 어린 왕자가 길들인다는 게 무엇이냐고 묻자 여우는 "그건 관계를 창조하는 거야. créer des liens"라고 답한다. 영어로 제대로 번역하면 'create the lines'가 될 것이다. 유감스럽게도 캐서린 우즈는 그 부분을 'establish the ties'라고 번역했다. 그리고 우리말로도 대개 '관계를 맺는 거야'라고 번역을 한다. 그러면 그 뜻이 살아나지 않는다. 단순히 관계를 맺는 게 아니라 이전에 세상에 존재하지 않던 새로운 관계, 혹은 라인을 창조하는 것, 그게 서로 길을 들이는 것이다.

라인은 '줄'이다. 우리는 흔히 말한다. 줄을 잘 서야 행운도 잡을 수 있고 출세도 할 수 있다고. 그런데 여우는 '줄을 창조하는 것'이라는 표현을 쓴다. 줄을 선다는 것은 이미 만들어진 관계 속으로 들어가는 것을 말한다. 줄을 창조한다는 것은 이전에 존재하지 않았던 새로운 관계를 만든다는 것을 뜻한다. 여우는 "관계를 창조한다"라는 표현을 통해 사람과 사람의 진정한 만남의 의미를 어린 왕자에게 가르쳐준다.

그 줄 혹은 관계는 둘이 서로 길을 들이기 전에는 존재하지 않던 줄이요 관계이다. 그 관계를 창조하기 위해서는 서로 길들이기 위해 함께 한 구체적 시간이 절대적으로 필요하다. 그 관계는 개인과 개인의 구체적 체험을 통해서만 맺어지는 관계이기 때문이다. 그 관계는 그 구체적 체험 밖에서는 존재할 수 없는 관계이기 때문이다. 그래서 그 관계는 창조적인 관계가 된다.

그 무언가를 창조한다는 것은 이전에 한 번도 존재하지 않던 것을 만들어 내는 것을 말하지 않는가. 그러니 그 구체적 체험을 통해서만 존재할 수 있게 된 관계는 그 체험 이전에는 결코 존재하지 않던 관계 즉, 창조적 관계가 된다. 여우가 '관계를 창조하는 거야'라고 말한 것은 그 때문이다. 여우가 어린 왕자에게 "네 장미가 네게 그토록 소중하게 된 것은 네가 그 장미를 위해 시간을 낭비했기 때문이야"라고 말하는 것은 그 때문이다.

왜 낭비인가? 현실적으로 아무런 소득 없이 시간을 써버렸기 때문이다. 하지만 현실적 소득 없이 그 누군가를 위해 시간을 낭비했기에 그 시간은 새로운 관계를 창조하는 의미 있는 시간이 된다. 그러니 그 누군가와 연애를 하면서 연인을 위해 써버린 시간을 아까워하지 말라. 그 누군가가 좋아서 그와 함께 낭비한 시간을 아쉬워 말라! 그 시간은 당신의 삶을 창조적으로 만들어주는 요술 지팡이와 같은 시간일지니! 낭비가 창조로 바뀌는 그런 요술!

육신의 눈이 아닌 마음의 눈으로, 열린 마음으로 타인과 교류하기

하지만 그것만으로는 불충분하다. 여우는 어린 왕자와 헤어지면서 한 가지 비밀을 선물로 준다. 그 비밀이란 '중요한 것은 눈에 보이지 않는다'라는 말이다. 그리고 '눈은 장님이다'라는 말도 전해준다. 우리의 눈은 그 무언가를 보기 위한 기관이다. 그런데 그 눈이 눈멀어 있다니 대단한 역설이다. 눈은 무엇에 대하여 우리를 눈멀게 하는가? 보다 중요한 것, 보다 근본적인 것에 대하여서이다. 보다 중요한 것, 보다 근본적인 것을 볼 수 있게 되려면 눈을 감아야만 한다. 육신의 눈이 멀어야만 한다.

우리의 육신의 눈이 멀게 되면 무슨 일이 벌어지는가? 바로 마음의 눈, 즉 심안(心眼)을 뜨게 된다. 서로 길이 들기 위해서는 육신의 눈을 감고 그 마음의 눈으로 만나야 한다. 여우와 어린 왕자는 스승과 제자 관계로 만나지만 그들만의 새로운 스승과 제자 관계를 창조하려면 마음으로 만나야 한다. 어떤 마음인 가? 바로 열린 마음이다.

열린 마음은 제자인 어린 왕자에게만 필요한 것이 아니라 스승인 여우에게도 필요하다. 제자인 어린 왕자에게 제 속을 다 내보이는 스승 여우는 제자들 앞에서 '얘들아 나 너희들에게 감추는 거 하나도 없다'(논어 술이(述而)편 23장)라고 말씀하시는 공자와 다를 바 없다. 그 스승은 제자에게 지식을 전수하는 사람이 아니다. 그 스승은 제자와 열린 마음으로 만나서 새로운 관계를 창조하는 사람이다. 여우는 길들인다는 것의 의미를 가르치기 위해 어린 왕자와 직접 길들이는 관계를 맺는다. 그래서 그 관계는 창조적인 관계가 된다.

어린 왕자가 이미 만나고 온 어른들은 창조적인 관계와는 거리가 먼 삶을 사는 사람들이다. 그 누구와의 진정한 만남이 없는 삶, 어울림이 없는 삶이 창조적인 삶이 된다는 것은 불가능하기 때문이다. 그들은 허울뿐인 자신의 이름을 내세우면서 그 이름 안에 갇혀있다. 이 세상에 자신 홀로 존재하니 무한히 자유로운 것 같지만 실은 그 이름 안에 꼼짝 못 하고 갇혀서 살고 있을 뿐이다. 진정으로 자유롭고 자율적인 삶은 타인과의 교류를 통해서만 가능하다. 그 교류를 통해 스스로 변화할 수 있어야만 가능하다.

어디 그 어른들만 그러한가? 겉으로는 "창조! 창조!"를 부르짖는 우리 모두 그러하다. 정(情)이 밥 먹여주나? 어디 사람이 그렇게 깊은 관계를 맺고 사나? 삶은 어차피 홀로가 아닌가? 라는 생각을 당신이 하고 있다면 당신은 어린 왕자가 만나고 온 어른들과 조금도 다를 바 없다. 그리고 우리 주변에는 그런 사람이 대부분이다. 아니, 실은 나 자신이 그럴지도 모른다. 어린 왕자가 걸어온 배움의 행로를 우리가 늘 되풀이하고 되물어야 하는 건 그 때문이다.

서로에게 단 하나뿐인 존재가 되기, 이 세상 전체를 행복으로 물들이기

어린 왕자와 여우는 제자와 스승의 관계이다. 어린 왕자는 간절한 자기 소망, 사람과 진정으로 만나고 싶다는 소망을 갖고 여우를 만났으니 배움의 자세를 갖춘 셈이다. 여우는 열린 마음으로 어린 왕자를 대하니 스승으로서의 자격을 갖춘 셈이다. 그래서 그 둘은 서로 길이 든다. 새로운 관계를 창조한다.

여우는 어린 왕자와 새로운 관계를 창조했다. 어린 왕자는 여우와 관계를 맺으면서 중요한 것은 눈에 보이지 않는다는 것, 자신의 장미가 그토록 소중한 것은 자기가 그 장미를 위해 낭비한 시간 때문이라는 것을 배운다. 그리고 자신이 길들인 것에 대해 자신은 영원히 책임이 있다는 것을 배운다. 얻은 게 많다.

그렇게 새로운 관계를 맺고 둘이 헤어질 때가 되자 여우는 눈물을 보인다. 어린 왕자는 여우에게 네가 먼저 길들여달라고 하지 않았느냐고, 그런데 이렇게 울고 있지 않냐고, 그렇다면 얻은 게 하나도 없지 않냐고 말한다.

이렇게 시간을 허비하면서 서로 길을 들여 봤자 도대체 구체적으로 얻은 게 무엇이냐는 질문이다. "왜 길을 들여야 하지?"라는 질문이다. 그런데 그 질문에 대한 답은 둘이 서로 길들이기 전에 이미 여우가 들려준 것이기도 하다. 우선 서로가 서로에게 단 하나뿐인 존재가 될 수 있다는 것.

"네가 나를 길들이면 우리는 서로를 필요로 하게 될 거

야. 너는 내게 이 세상에서 단 하나뿐인 존재가 될 거

야. 나는 네게 이 세상에서 단 하나뿐인 존재가 되는 거

고……"(111쪽)

어린 왕자는 여우와 서로 길을 들이면서 그것을 스스로 깨
닫는다. 그래서 다시 장미들을 보게 되자 그들을 향해 이렇게
말할 수 있게 된다.

"너희들은 아름다워. 하지만 너희들은 비어 있어. (……)

그 누구도 너희들을 위해서 죽을 수 없어. (……) 그 꽃 하

나만으로도 너희들 전부보다 더 소중해."(117쪽)

장미와 길을 들임으로써 그 장미는 어린 왕자에게 이 세상에
서 단 하나뿐인 장미가 될 수 있었다는 것을 깨닫는 것! 단 한
그루의 장미, 무릎 높이까지밖에 오지 않는 보잘것없는 세 개
의 화산만으로도 얼마든지 이 세상 전부와도 바꿀 수 없는 소
중한 것을 소유한 위대한 왕자가 될 수 있다는 것을 깨닫는 것!
중요한 것은 그 누구, 혹은 그 무언가와 길들이는 관계를 창조
하면서 사는 것이지, 화려한 것을 소유하는 것이 아님을 깨닫

는 것! 그것이 어른들과는 다른 눈으로 세상에 나간 어린 왕자가 제일 먼저 배운 것이다. 하지만 서로 길이 들게 되면서 얻게 되는 것은 그것만이 아니다. 여우는 이어서 말한다.

> "저기 밀밭이 보이지? 나는 빵을 먹지 않아. 밀은 내게는 아무 소용이 없어. 밀밭은 내게 아무것도 떠올리는 게 없어. 그건 슬픈 일이야! 그런데 너는 황금빛 머리칼을 하고 있잖니. 그러니 네가 나를 길들인다면 정말 멋진 일이 벌어질 거야! 저 황금빛 밀밭은 너를 떠올릴 거야. 그리고 나는 밀밭의 바람 소리를 사랑하게 될 거야……."
>
> (113쪽)

누군가와 깊은 관계를 맺고 서로에게 단 하나뿐인 존재가 될 수 있는 경험은 너무나 소중한 경험이다. 그런데 그 경험이, 이 세상 단 하나뿐인 나만의 존재를 가질 수 있게 된 그 경험이 요술을 부린다. 단 하나뿐인 존재를 갖게 되었다는 기쁨과 행복이 세상 전체를 바꾸게 해주는 것이다.

그 경험은 단순한 경험이 아니다. 자기 자신을 그 경험을 하기 전의 나와는 전혀 다른 존재로 바꾸어 놓는 경험이다. 거창한 단어를 쓰면 '존재의 전환' 같은 경험이다. 그 누군가를 사랑하기 전의 나와 깊은 사랑을 경험한 후의 나는 그 얼마나 다른 존재인가? 얼마나 큰 존재의 전환을 경험하게 된 것인가. 그런데 그 존재의 전환을 통해 놀라운 일이 벌어진다.

중요한 것은 눈에 보이지 않는 법! 나는 내가 길들인 존재에게 책임이 있다!

여우는 이전에 자신에게 아무 의미도 없이 바라보았던 밀밭을, 밀밭에 부는 바람을 사랑할 수 있게 될 거라고 말한다. 그것은 이전에 나와는 무관한 것처럼 여겨졌던 이 세상 전체를 사랑하게 된 것과 마찬가지이다. 이전에 무심코 바라보기만 했던 모든 것들에 의미를 부여할 수 있게 된 것과 마찬가지이다. 그러니 누군가가 새롭게 맺은 창조적인 관계는 둘 사이의 관계로 그치지 않는다. 나와 세상 전체를 새로운 관계로 맺어지게 한다. 그 창조적인 관계로 인해 새롭게 생긴 사랑이 세상 전체를 향해 열린다.

누군가를 진정으로 깊이 사랑해보아라. 금방 세상 전체가 사랑스러워질 것이니. 누군가를 사랑하는데 그 사랑이 세상 전체를 향하여 열리지 않는다면 그 사랑을 의심하라. 서로가 서로에게 이 세상 단 하나뿐인 존재가 되는 진정한 사랑은 이기적인 닫힌 사랑이 아니라 필히 세상을 향해 열릴 수밖에 없는 사랑이니!

내가 바뀌니까 세상 전체가 바뀐다. 그러니 세상을 온통 바꾸고 싶다면 내가 바뀌어야 한다. 그 커다란 진리를 여우는 어린 왕자에게 가르쳐 준 것이다.

여우와의 길들임을 통해 어린 왕자는 삶의 비밀을 깨친다. '중요한 것은 눈에 보이지 않는다'는 것, '나는 내가 길들인 존재에 대해 책임이 있다'는 비밀을 깨친다. 그렇게 삶의 비밀을 깨친 모습으로 어린 왕자는 화자 앞에 나타난다. 극적인 대면이다. 둘 다 내 속에 들어있는 나의 모습이지만 성격이 전혀 다르다. 현실 속의 나는 지리, 역사, 산수, 문법을 배워 똑똑한 어른이 된 '나'이다. 어린 왕자는 어릴 때의 순진한 질문, 그러나 꿈과 이상과 함께하는 질문을 간직한 채 세상에 나가 삶의 비밀을 깨친 '나'이다. 더 쉽게 표현하자.

한쪽은 공부 열심히 해서 실력이 뛰어나다. 당장 위기의 순간에서 벗어날 수 있는 기술도 가지고 있다. 살려는 의지도 충만하다. 다른 한쪽은 '사는 게 무엇인가?'라는 근본 질문을 통해 내공이 쌓였다. 내가 왜 살아야 하는지의 궁극적 질문을 절체절명의 순간에도 놓지 않는다. 그 둘이 현실적으로 사느냐 죽느냐의 절체절명의 순간에 만나 대립하고 대결한다. 과연 누가 이길까? 과연 누가 화자를 그 위기에서 구해줄 것인가?

위기를 비웃어라! 첫 관문, 스스로를 부끄러워하다.

생사의 기로에 서 있는 화자에게 어린 왕자는 정말 귀찮은 존재이다. 마실 물도 떨어져 가고 비행기 고장도 점점 심각하게 여겨지는 마당에 정말 엉뚱한 요구만 하고 엉뚱한 질문만 한다. 체력도 바닥이 날 판이며 과연 비행기를 수리할 수 있을지 의심스러워지는 마당에, 최악의 상황을 염려해야만 하는 마당에 아무런 도움이 되지 않는 질문만 한다.

양이 어린나무들을 먹는다면 꽃들도 먹느냐는 둥, 가시 달린 꽃도 먹느냐는 둥, 만일 그렇다면 그 가시는 무슨 소용이 있느냐는 둥, 절체절명의 위기에 처한 화자에게는 너무 쓸모없고 한가롭고 하찮은 질문이다. 그래서 그는 아무렇게나 대답한다. 그리고는 "난 지금 정말 진지한 일을 하고 있거든"이라고 답한다. 철없는 아이가 하찮은 질문으로 어른들을 귀찮게 하는 것과 똑같은 형국이다. 어른들은 누구나 손사래를 치며 저리 가라고 말할 것이다.

그러자 어린 왕자가 화를 내며 일갈한다.

"아저씨, 꼭 어른들처럼 말하네!"(43쪽)

　자신이 보통 어른들과는 그래도 다르다고 믿고 있던 화자로서는 아주 충격적인 일갈이다. 나는 그래도 어릴 때 그린 그림을 주머니에 넣고 다니는 사람인데……. 어릴 때의 꿈을 완전히 잃어버린 사람이 아닌데…… 조금 부끄러워질 수밖에 없다. 그 부끄러움이 깨달음으로 가는 첫 관문이다.

　그런데 어린 왕자는 화가 머리끝까지 나서 가차 없이 말을 잇는다.

"아저씨는 온통 혼동하고 있어…… 아저씨는 온통 뒤죽
박죽으로 만들고 있어!"(43쪽)

　무엇이 정말 중요한 일이고 근본적인 일인지 모르고 있을 뿐 아니라 거꾸로 생각하고 있다는 말이다. 비행기 수리를 마치고 어떻게 해서든 살아 돌아가야 하는 것이 중요한 일인지, 그 절박한 순간에도 삶의 의미, 삶의 비밀을 묻는 것이 중요한 일인지 혼동하고 있다는 말이다. 수천 년 동안 꽃들은 가시를 만들어 왔고 그럼에도 불구하고 양이 장미를 먹어온 지 수천 년이 되었는데, 꽃들이 왜 그 아무짝에도 소용없는 가시를 그렇게 공들여 만들어 왔는지 궁금해하는 게 중요하지 않냐는 말이다.

게다가 그 꽃은 어린 왕자에게 세상 전부이기도 하다. 양이 그 꽃을 먹느냐 아니냐에 따라 세상 모든 별이 꺼지기도 하고 켜지기도 하는 것인데 그게 중요하지 않냐는 말이다. 그 말끝에 어린 왕자는 흐느낀다. 그리고 나는 부끄러움을 느낀다. 지금 이 순간 내가 손에 쥐고 있는 망치, 내가 마주하고 있는 죽음, 그런 것보다는 내 앞에서 흐느끼는 어린 왕자를 달래주는 것이 그 무엇보다 중요하다고 느낀다.

지금 내 눈앞에는 그 무엇보다 내가 달래주어야 할 어린 왕자, 그러나 어떻게 달래주어야 할지 알 수 없는 그런 어린 왕자가 있었던 것이다. 그 신비스러운 눈물의 나라로 어떻게 해야 가까이 갈 수 있을 것인지!

나는 내 망치와 죽음과 갈증을 한껏 비웃었다.

화자는 자신의 연장을 내려놓는다. 그리고 이렇게 쓴다.

"나는 망치를, 나사못을, 갈증을, 그리고 죽음을 한껏 비웃었다. 하나의 별 위에, 내 행성 위에, 지구 위에, 위로해

주어야 할 어린 왕자가 있었다!" (45쪽)

그 순간까지 자신이 가장 소중하게 여겼던 연장들이 하찮게 여겨지는 순간이다. 자신이 가장 절박하게 생각했던 갈증과 죽음까지도 하찮게 여겨지는 순간이다. 그 연장들이란 무엇인가? 그 위기에서 나를 벗어날 수 있게 해줄 도구들이 아닌가? 갈증과 죽음은 무엇인가? 내가 어떻게 해서라도 빠져나와야 할 난관이며 위기가 아닌가? 그런데 그것들을 비웃다니? 그렇다면 삶을 포기하는 것인가? 이 위기를 극복하고 살아 돌아가려는 의지 자체를 비웃고 조용히 죽음을 맞이하게 되는 것인가? 아니다. 그것들을 비웃는 순간, 그 위기를 더 큰 틀에서 보는 눈이 생긴다. 그것들을 비웃는 순간, 내가 살아 돌아가야 하는 진정한 이유가 생긴다. 맹목적으로 살아야 한다고 매달리던 그가, 자신이 왜 살아가야 하는 것인지 그 진정한 이유를 알게 된다. 그리고 그 진정한 이유가 내게 더 큰 힘을 준다.

하지만 나의 망치와 나사못과 갈증과 죽음을 한껏 비웃는 것만으로는 아직 불충분하다. 화자는 잠시 나사못과 갈증과 죽음을 한껏 비웃었지만 완전한 깨달음을 얻은 것이 아니다. 그래서 그에게는 아직 비행기 수리하는 일이 무엇보다 절박한 일로 여겨진다. 어린 왕자가 "내 친구 여우가……"라고 말하자 "지금 여우가 문제가 아니야. (……) 목이 말라 죽을 지경이니까……" (123쪽)라고 화자는 말한다. 그는 아직 "죽음을 눈앞에 두고 있더라도 친구가 한 명 있다는 건 좋은 거야"(124쪽)라는 어린 왕자의 말을 제대로 이해하지 못한다.

하긴 그 누군들 그렇지 않겠는가. 좋은 이야기를 듣고, 좋은 책을 보고 자신의 삶을 한 번 부끄럽게 돌아본 후에라도 돌아서거나 책을 덮으면 다시 일상의 자기로 돌아오기 마련 아닌가? 더욱이 자신이 지금 위기에 직면해 있다면 더 말할 나위도 없다. 작품 속의 '나'도 어린 왕자에게 감응하여 잠깐 자신을 비웃었지만 다시 자신의 현실로 돌아온다. 그가 진정으로 깨달음에 도달하려면 어린 왕자가 스승 여우의 가르침을 필요로 했듯이 어린 왕자의 인도가 필요하다. 그 무언가를 어린 왕자와 함께 구체적으로 체험해야 한다.

대체 내가 왜 그렇게 고통스러워했단 말인가!

어린 왕자와 화자는 사막에서 물을 찾아 나선다. 그러자 기적 같은 일이 벌어진다. 도르래와 두레박이 완벽하게 갖추어진, 마을에나 있음 직한 우물을 사막에서 발견한 것이다. 그 물은 상상 속의 물이다. 상상 속의 물이니까 완벽한 모습을 하고 있다. 화자가 두레박을 들어 올려 어린 왕자에게 그 물을 먹여주자 어린 왕자가 말한다.

　"나는 바로 이 물이 마시고 싶어." (130쪽)

　그러자 화자는 어린 왕자가 찾고 있던 것이 무엇인지를 단번에 이해하게 된다. 그 물은 바로 어린 시절 화자가 포기했던 꿈, 보이지 않는 소중한 것, 감추어져 있기에 주변을 더 환하게 만드는 것 바로 그것이다. 화자의 그 깨달음에 화답하듯 어린 왕자는 "사막이 아름다운 건 어딘가 우물이 숨겨져 있기 때문이야"(126쪽)라고 말한다.

　화자는 어린 왕자와 함께 그 물을 마신다. 물병에 든 물이 아니라 상상 속의 물이다. 사막에 감추어져 있는 보물이다. 그러자 사막이 아름다워진다. 나를 사람들로부터 고립시키고 있는 그 암담한 현실이 아름다워진다. 요술이다.

　"동틀 무렵의 사막은 꿀 색깔을 하고 있다. 나는 이 꿀 색
　깔로도 행복했다. 내가 무엇 때문에 그렇게 고통스러워

했단 말인가……." (131쪽)

내가 왜 그렇게 고통스러워했단 말인가! 여기에 화자의 깨달음의 핵심이 숨어 있다. 제아무리 고통스러운 순간이라도 삶은 아름답다는 것, 그 삶이 아름다운 것은 보이지 않는 곳에 그 무언가 소중한 것이 숨어 있기 때문이라는 것, 그 보이지 않는 곳에 우리의 꿈이 존재하기 때문이라는 것을 깨달은 것이다. 보이지 않는 우물의 존재로 인해 사막 전체가 아름다워진다. 보이지 않는 꿈으로 인해 우리의 삶 전체가 아름다워진다. 그것이 화자의 깨달음이다. 화자는 그 깨달음을 직접 이렇게 어린 왕자에게 표현한다.

"그래, 집이건, 별이건, 사막이건, 그것들을 아름답게 만드는 건 눈에 보이지 않아." (127쪽)

그러자 어린 왕자는 "아저씨가 내 친구 여우와 같은 생각이어서 기뻐" (127쪽)라고 말한다. 스승인 어린 왕자가 제자인 화자에게 이제 더 가르칠 게 없으니 하산해도 된다는 허락을 내린 것과 마찬가지이다. 그 허락과 함께 어린 왕자는 자신의 별로 돌아간다. 그리고 화자는 무사히 귀환한다. 아무런 희망도 없어 보였던 비행기 수리를 무사히 마치고……

위기 극복의 상상력 하나, 내가 길들인 사람들을 향한 책임감

어린 왕자는 자기는 자신의 장미에 대해 책임이 있다는 말을 남기고 자신의 별로 돌아간다. 작가는 어린 왕자를 왜 자신의 별로 돌려보낸 것일까? 어린 왕자 자체가 보이지 않는 존재이기 때문이다. 어린 왕자 자체가 자신의 삶을 아름답게 해줄 수 있는 감추어져 있는 존재이기 때문이다. 그는 보이지 않음으로 해서 화자의 꿈과 이상이 될 수 있기 때문이다.

그 꿈이 화자에게 지구로 돌아올 수 있는 힘을 준다. 화자 역시 자신이 길들인 사람들에게 책임이 있기 때문이다. 그를 지구로 돌아올 수 있게 해준 것은 삶의 맹목적 의지도 아니고 비행기 수리 기술도 아니다. 바로 그들을 향한 책임감이다.

생텍쥐페리가 에어프랑스사에 입사해 비행사로 활약하던 1934년 그는 파리-사이공 비행 기록을 세우기 위해 이집트로 출발한다. 그러나 12월 30일 카이로에서 200킬로 떨어진 지점, 리비아 사막에 불시착하는 사고를 겪는다. 동료들은 모두 그가 죽었다고 생각했지만 5일간 사막을 걸은 후에 극적으로 구조 된다. 그는 이듬해 출간된 『인간의 대지』에서 자신에게 무사히 귀환할 수 있는 힘을 준 것은 사랑하는 친구들, 친지들을 향한 책임감 덕분이라고 직접 썼다.

우리는 그 책임감이라는 단어를 사랑이라고 바꾸어도 되리라. 그 위기에서 빠져나오기 위해서는 나의 생명을 소중히 여기는 삶의 의지도 필요하다. 기본 체력도 필요하다. 기술과 능력도 필요하다. 그런 것이 없다면 그냥 손을 놓고 주저앉아 버릴지도 모른다. 아무런 대책도 세우지 않고 그냥 손을 놓고 있을 수밖에 없을지도 모른다.

하지만 그런 능력에는 한계가 있다. 맹목적 삶의 의지는 어느 순간 시들어버릴지도 모르고 체력은 어느 순간 바닥이 날지도 모른다. 맹목적 삶의 의지는 거꾸로 나를 절망에 빠지게 할지도 모르고 고갈되어버릴 수밖에 없는 체력은 거꾸로 사태를 부정적으로만 보게 만들지도 모른다. 기술과 능력은 한계가 있을지 모른다. 그것들은 내가 지금 처하고 있는 위기를 더욱 심각하고 큰 것으로 여기게 만들지도 모른다. 자신이 지금 도저히 탈출이 불가능한 늪에 빠진 것이라고 생각하게 만들지도 모른다. 그래서 그 위기에 더 깊이 빠져들게 할지도 모른다.

그런데 내가 길들인 사람들을 향한 책임감과 사랑이 그 위기를 위기가 아닌 것으로 만들어준다. 내가 길들인 사람들을 향한 책임감이 그 위기 자체를 하찮은 것으로 여기게 해준다. 이게 가장 중요한 첫 번째 변화이다. 그 위기를 하찮은 것으로 여기면 어떤 일이 벌어지는가? 그 위기를 더 큰 틀에서 볼 수 있게 된다. 그래서 그 위기가 작게 여겨질 수 있다. 위기가 작아지면 어느 정도 안도의 숨을 쉴 수 있게 되는 것 아닌가?

위기 극복의 상상력 둘, 절망하는 자신을 비웃을 수 있는 힘, 긍정의 힘

질베르 뒤랑(Gilbert Durand 1921~2012)이라는 프랑스의 철학자는 인간이 죽음을 의식하는 유일한 동물이라고 말했다. 그리고 그것이 인간의 상상력의 출발이라고 말했다. 인간만이 다른 동물과는 달리 누구나 맞이할 수밖에 없는 죽음을 있는 그대로 받아들이지 않고 상상력을 통해 변형시킨다는 것이다.

인간은 상상력을 통해 죽음을 삶의 끝으로 받아들이지 않고 그 너머까지 볼 수 있게 된다. 인간은 상상력을 통해 실제로 경험할 수 없는 세계까지도 경험하고 볼 수 있게 된다. 인생의 시작을 물리적 탄생과 죽음으로 보는 사고에서 벗어나 새로운 사고의 틀로 볼 수 있게 될 수 있다. 세상 모든 종교가 바로 그러한 상상력의 결과라는 것은 더 말할 필요가 없다.

위기를 하찮은 것으로 비웃을 수 있게 된다는 것은 상상력을 통해 위기 너머를 보게 된다는 것을 뜻한다. 그러면 이전에 보이지 않던 것을 볼 수 있는 눈이 생긴다. 보이지 않던 것을 볼 수 있는 눈이 생기니까 위기에서 탈출할 수 있는 새로운 방법을 찾을 수 있다.

종교적 믿음의 궁극인 초월자 하느님은 좀처럼 현실에 그 모습을 드러내지 않는다. 초월자는 기본적으로 비현실적인 존재이다. 그러나 초월적인 존재는 언제나 우리에게 새로운 눈과 힘을 준다. 그래서 기적과도 같은 일이 벌어질 수 있게 해준다. 그것이 바로 비현실적인 존재의 현실적인 힘이다. 현실이 상상력을 낳는 것이 아니라 상상력이 현실을 바꿀 수 있게 해준다. 『어린 왕자』에서 '나'를 위기에서 벗어나게 해준 것은 바로 그 '상상력의 기적 같은 힘'이다.

『어린 왕자』에는 화자가 비행기를 수리한 이야기는 구체적으로 나오지 않는다. 단지 어린 왕자가 "아저씨가 고장 난 곳을 찾아서 참 기뻐. 아저씨는 이제 집으로 돌아갈 수 있을 거야……"(138쪽)라고 말하는 대목이 나올 뿐이다. 아무런 희망이 없어 보였던 비행기 수리를 무사히 마쳤다는 이야기를 어린 왕자에게 해주려 했는데 그가 이미 알고 있었다는 데 대해 놀라는 모습만 나올 뿐이다. 왜 그랬을까? 비행기 수리가 가능했던 것이 기적 같은 힘 덕분이라는 사실을 강조하기 위해서가 아닌가? 지극히 현실적인 기술 덕분만은 아니라는 것을 강조하기 위해서가 아닌가? 도대체 그런 절망적 상황에서 살아 돌아올 수 있던 이유는 말로 설명이 될 수 없기 때문이 아닌가?

그 기적을 가능하게 한 것은 무엇일까? 단호하게 말하자. 바로 긍정의 힘이다. 위기 앞에서 절망하지 않는 긍정의 힘이다. 어린 왕자와 함께 우물을 발견한 화자가 "내가 이제까지 왜 이렇게 고통스러워했지?"라며 이전까지의 자신을 비웃듯이, 위기 앞에 절망하는 자신을 비웃을 수 있는 힘 그것이 바로 긍정의 힘이다. 위기를 맞이하고도 행복해 할 수 있는 힘 그것이 바로 긍정의 힘이다. 그 긍정의 힘을 가질 수 있게 하는 것이 바로 사랑하는 이들을 향한 책임감이다. 그리고 그 긍정의 힘이 자신을 행복하게 해준다.

위기 앞에 절망하는 자신을 비웃고 행복해질 수 있는 긍정의 힘, 그것이 바로 무한한 에너지의 원천이다. 위기를 비웃으면서 거꾸로 위기 극복의 힘과 에너지가 새롭게 생기는 것, 그것이 바로 『어린 왕자』에서 우리가 길러낼 수 있는 상상력이다.

당신 안에 살고 있을 어린 왕자를 만나라!

우리는 살면서 성공도 하고 실패도 경험하게 된다. 경제적으로 큰 실패를 맛볼 수도 있다. 그러나 그 실패를 맞이하는 자세에는 천양지차가 있다. 우리가 경제적인 부의 획득만을 목표로 살아왔다고 치자. 경제적으로 큰 성공을 거두더라도 나중에는 좀 허망해질 수가 있다. 경제적 가치 외에는 다른 목표와 꿈이 없었으니 그 목표를 이룬 다음에는 목표가 사라질 것이고 목표가 없는 삶이 허망해질 것은 자명한 이치이다.

실패했을 경우는 어떻게 되는가? 경제적 부의 획득만을 목표로 살아왔는데 실패를 하게 되면 탈출구가 없다. 삶의 모든 의미를 잃은 것으로 착각하고 절망하기 쉽다. 삶을 더 크게, 다르게 보는 눈을 키우지 못해서이다. 그 눈을 키우지 못한 채 거기에서 벗어나려고 발버둥 치면 칠수록 오히려 더 깊이 어려움에 빠질 수도 있다. 그러나 삶을 달리 보는 눈을 갖게 되면 모든 것이 달라진다. 좀 심하게 말하자면 경제적으로 회복이 안 되어도 별로 절망을 안 한다. 그게 그렇게 절망할 일이 아니기 때문이다. 그 순간 거기서 벗어날 수 있는 힘을 얻게 되는 역설!

성공과 실패는 양자택일의 문제가 아니다. 현실과 꿈도 마찬가지로 양자택일의 문제가 아니다. 꿈은 현실을 외면하게 만드는 것이 아니라 새로운 현실을 창조한다. 꿈은 지금 처한 현실에 맹목적으로 몰입해 있는 나를 비웃게 만들면서 내 눈앞에 전혀 새로운 현실을 펼쳐준다. 그게 현실을 창조하는 꿈의 기능이다. 꿈은 이미 이루어진 현실적 목표를 더 멀고 길게 추구하도록 하는 것이 아니다. 새로운 현실을 창조하는 것만이 진정한 꿈의 기능이다. 위기를 비웃는 나는 바로 꿈이 있는 나이다. 위기를 맞이한 순간 내가 그 위기를 비웃을 수 있는 것은 내게 더 큰 꿈이 있다는 증거이다. 내가 그 위기를 비웃을 수 있는 것은 단 한 가지 목표만으로 세상을 살아온 것이 아니라는 증거이다. 내가 그 위기를 비웃을 수 있는 것은 내게 내공이 쌓였다는 증거이다. 나와 내 삶 전체를 더 큰 틀에서 볼 수 있다는 증거이다.

그러니 『어린 왕자』 작품 끝에서 화자가 권하고 있듯이 당신이 만일 홀로 어려운 상황에 처한다면, 당신 속의 어린 왕자를 만나기 위해 노력하라. 그 고독 속에서 내가 길들인 것들을 향한 책임감을 느끼고 그들을 향한 사랑을 더 깊이 느끼도록 노력해라. 그러면 당신은 삶의 비밀에 더 가까이 갈 수 있으리니. 당신은 보이지 않는 것을 볼 수 있으리니. 당신은 당신 스스로를 작게 만들고 비웃으면서 당신의 삶 전체를 환하게 빛나는 것으로 만들 수 있으리니…….

마음으로 세상을 보는 것은 즐겁게 남들과 어울리는 것이다.

꽤 오래전에 어느 스포츠 신문에서 재미있는 기사를 본 적이 있다. 영국 프리미어 리그에서 뛰고 있던 축구 선수 이청용의 인터뷰 기사 내용이었다. 프리미어 리그에 데뷔해서 한 해를 뛴 뒤, 낯선 땅에서 처음 접한 외국인 선수들을 보고 느낀 바에 대한 이야기로서 대충 이런 내용이었다.

"재주 있는 애는 하나도 두렵지 않아요. 성실한 애도 얼마든지 따라잡을 수 있어요. 그런데 즐기면서 축구 하는 애는 정말 따라가기 힘들어요."

정확하지는 않지만 대충 그런 내용이었다.

나는 그 기사를 보고 이청용 선수가 정말 대단하다고 생각했다. 공자도 그 비슷한 이야기를 했으니 우리나라의 젊은 축구 선수 입에서 공자님 말씀이 나온 셈이다. 실은 너무나 널리 알려진 이야기이긴 하지만…….

공자는 『논어』 옹야 18편에서 "아는 자는 좋아하는 자만 못하고 좋아하는 자는 즐기는 자만 못하다. 知之者, 不如好之者, 好之者, 不如樂之者"라고 말씀하셨다. 자기가 좋아하는 일을 찾아서 하는 게 중요하다는 충고를 할 때 가끔 쓰이는 아주 유명한 말씀이다. 그런데 그 내용이 그리 만만치 않다. 어찌 보면 『어린 왕자』라는 작품이 전하는 속 깊은 메시지가 그 말씀 하나에 모두 압축되어있는 것 같기도 하다.

세상 살면서 이 세상이 어떻게 돌아가는지 아는 것, 아주 중요하다. 자기가 좋아하는 것을 찾는 것도 아주 중요하다. 이 세상이 어떻게 돌아가는지 아무것도 모르고 지내다 보면 바보가 되기 십상이다. 자기가 좋아하는 것 찾아보지도 않고 그냥 되는대로 세상 살다 보면 삶이 너무 무미건조해진다. 그런데 공자는 그 모든 것이 즐기는 것만 못하다고 말씀하신다. 무슨 뜻인가?

공자의 말씀을 좀 쉽게 이해하기 위해 아는 것, 좋아하는 것, 즐기는 것 앞에 '삶'이라는 목적어를 갖다 놓아보자. 그렇다면 사는 게 뭔지 아는 것, 삶을 좋아하는 것, 삶을 즐기는 것이 된다. 그렇게 써놓으니 뭔가 조금 명확해지지 않는가?

『어린 왕자』 작품 속 어린 시절의 '나', 정글의 삶에 대해 호기심을 갖고 보아 구렁이 그림 1호와 2호를 그린 '나'는 삶을 '좋아하는 나'이다. 자기가 좋아하는 것 외에는 눈에 들어오지도 않는 '나'이다. 그렇게 사는 '나'를 '사는 게 뭔지 아는 나' 쪽으로 방향을 틀어버리게 만든 것이 바로 어른들이다. 세상 살면서 자기가 좋아하는 것만 찾다가는 쪽박 차기 십상이니 정신 똑바로 차리라고 충고한 것이 바로 어른들이다. 베짱이처럼 놀기만 하면 어떻게 하느냐, 개미처럼 부지런히 공부를 하라고 충고한 것이 바로 어른들이다.

그런데 공자는 거꾸로 말씀하신다. 정신 똑바로 차리고, 과연 산다는 게 뭔지 알려고 하는 것보다는 자기가 좋아하는 것 열심히 찾아 노는 게 더 낫다고 말씀하신다. 개미보다 베짱이가 더 낫다고 말씀하신다. 좋아하는 것만 눈에 들어오는 어린아이가 철이 든 어른보다 낫다고 말씀하신다. 왜 그런가? 그 무언가를 좋아하는 것이 세상을 즐기는 길에 가까이 있기 때문이다.

우리가 그 무언가를 정확히 알려면 머리를 써야 한다. 냉정해져야 한다. 대상과 거리를 두어야 한다. 반대로 그 무언가를 좋아하려면 감성, 감정에 호소해야 한다. 대상과 거리를 줄여야 한다. 그렇지만 공통점도 있다. 그 무언가를 알려고 하건 그 무언가를 좋아하려고 하건 여전히 중심은 자기 자신이다. 그 무언가를 알려면 내가 중심이 되어 냉정하게 대상을 바라보고 분석해야 한다. 그 무언가를 좋아하려면 자기 자신의 주관적 감성과 감정을 대상에 이입해야 한다. 머리는 냉정하고 감정은 변덕이 심하다. 모두 자기중심적이다.

그런데 즐기는 것은 다르다. 그 무언가를 진정으로 즐기려면 마음을 써야 한다. 마음은 대상에 몰입한다. 대상과 하나가 된다. 삶을 즐기려면 삶과 거리가 없어진다. 내가 삶의 주체가 되면서 동시에 삶과 하나가 된다. 삶의 즐거움, 고통과 함께한다. 머리에서 감정으로 감정에서 마음으로 옮아갈수록 대상과의 거리가 좁혀진다.

더 쉬운 예를 들어보자. 배우자를 만날 때 이것저것 조건을 따지는 것은 머리가 하는 일이다. 좋아하는 사람 쉽게 만났다가 쉽게 헤어지는 것은 감정이 하는 일이다. 한 번 정을 주면 쉽게 헤어지지 못하고 동고동락하는 것은 마음이 하는 일이다. 즐김, 즉 낙(樂)의 상태에서 사람은 대상과 하나가 되어 어울린다. 일체감을 느낀다.

『어린 왕자』에서 여우는 어린 왕자에게 길들인다는 것은 서로 한 몸이 되는 것이라는 것을 가르쳐 준다. 진정으로 삶을 즐기는 방법을 가르쳐준 셈이다. 이어서 여우는 중요한 것은 마음으로밖에 볼 수 없음을 가르쳐준다. 삶을 즐기려면 마음으로 세상을 보아야 함을 가르쳐준 셈이다.

사람들은 분명 자신이 무지한 것을 가장 부끄러워한다. 하지만 좋아하는 것이 없음이 무지함보다 더 큰 결함이다. 좋아하는 것이 없다는 것은 아예 대상과 만날 준비가 안 되었음을 뜻한다고 보면 된다. 공자가 누누이 강조한 것이 좋아하는 것이 있어야 알고 싶은 욕망도 생긴다는 것이다. 좋아하는 것 자체, 그것이 그 무언가를 알고 싶은 태도를 낳는다. 하지만 정작 부끄러워해야 할 큰 결함은 함께 괴로워하고 즐거워할 대상이나 사람이 없다는 것, 바로 그것이다.

어린 왕자가 세상에 나가 배운 것이 바로 삶을 즐기는 법이다. 삶을 진정으로 즐기는 법을 배우고 나니, 삶을 앎의 대상으로만 알아 왔던 자신이 부끄러워진다. 세상을 앎의 대상으로만 보고서 중요시해오던 것들이 갑자기 우스워진다. 그러니 '위기를 비웃어라!'는 말은 말 그대로 위기를 비웃으라는 뜻이 아니다. 머리로만, 감정으로만 보았던 세상을 마음으로 보라는 이야기이다. 마음으로 세상을 볼 줄 알게 된다는 것, 그것이 진정한 자기 혁신의 길이다. 마음으로 보니 이전에는 보이지 않던 것을 볼 수 있게 된다. 나와 남들과, 세상이, 하나로 어우러져 있음을 알게 된다! 함께 동고동락하고 있음을 알게 된다!

어찌 이보다 더 큰 위안이 있을 수 있겠는가? 그 위안 속에서 내가 위기로만 알고 있던 것이 하찮게 여겨진다! 자기중심적으로 세상을 보아왔던 자신이 정말 하찮게 여겨진다! 나를 그렇게 하찮게 보면서 나는 더 크게 세상을 볼 수 있게 된다. 최소한 다른 눈으로 볼 수 있게 된다.

그러니 위기를 맞을수록 그 위기에 더 몰입하지 말고 그 위기를 한껏 비웃어라!

그 위기에 빠져 절망하고 있는 나를 한껏 비웃어라!

당신 안에서 새로운 에너지가 생기는 것을 곧 경험하게 되리니!

1935년 튀니지에서의 생텍쥐페리

앙투안 드 생텍쥐페리는 1900년 6월 29일 프랑스 리용의 귀족 가문에서 태어났다. 그는 1926년 민간 항 공회사 라테코에르사에 우편배달 조종사로 입사한다. 조종사로 일하면서 그는 1929년 소설 『남방우편 기』를, 1931년 『야간비행』을, 1939년 『인간의 대지』를 발표한다. 『야간비행』으로는 페미나상을, 『인간의 대지』로는 '아카데미 프랑세즈' 소설 대상을 받는 등 그는 작가로서 큰 명성을 얻는다.

미국 체류 중 『어린 왕자』를 발표한 그는 1943년 7월 튀니지에 주둔하고 있던 자신의 옛 비행 중대에 복 귀한다. 1944년 7월 31일. 지중해의 한여름은 맑고 뜨거웠다. 그날 아침. P38 라이트닝 쌍발기에 몸을 싣 고 생텍쥐페리는 이륙한다. 아니 비상한다. 오후 1시 30분 귀환 예정. 하지만 그는 돌아오지 않았다. 그리 고 그의 비행기 잔해는 전혀 발견할 수 없었다.

유로화 통용 이전 프랑스 50프랑 지폐의 생텍쥐페리 얼굴 이미지

생텍쥐페리는 프랑스인이, 아니, 전 세계인이 사랑하는 작가 중의 한 명이다. 1943년에 세상에 나온 『어린 왕자』는 전 세계에서 1억 부 이상의 출간 기록을 가지고 있다. 기독교 성서 다음으로 많이 팔리고 읽힌 책이다. 아니다. 판매 기간까지 감안하면 성서 이상의 베스트셀러, 스테디셀러이다.

1942년 캐나다 몽레알에 잠깐 머물 때의 생텍쥐페리와 지인들

1939년 제2차 세계대전이 발발하자, 생텍쥐페리는 공군성 장관과 고위 장성들에게 청을 넣어 겨우 재입대에 성공한다. 2/33 전투 비행 중대 소속으로 고공 정찰, 촬영 임무를 수행하던 그는 1940년 미국으로 건너간다. 미국이 제2차 세계대전에 참전하도록 미국의 고위층 인사들을 설득하는 것이 그의 임무였다. 처음에는 한 달 내로 귀국할 생각이었지만 여러 가지 사정으로 그는 미국에 오래 머문다. 그리고 미국 체류 기간 중 아주 큰 결실을 얻는다. 『어린 왕자』가 1943년 4월 미국에서 영어와 프랑스어로 출간된 것이다. 그는 물론 프랑스어로 작품을 썼지만, 캐서린 우즈가 번역한 영역본이 먼저 출간되었다.

캐서린 우즈(Katherine Woods)가 번역한 『어린 왕자』 영어판 초판본 표지와 속지

『어린 왕자』는 누구나 쉽게 읽을 수 있는 책이다. 그러나 이 책은 절대로 아이들을 위한 동화책이 아니다. 이 책은 아이의 마음을 잃은 어른들을 위한 책이다. 이 책에는 마치 값진 비밀을 숨겨놓은 보물 상자처럼 깊은 의미가 켜켜이 숨어 있다. 이 책을 길들이고, 이 책에 길들면서 그 깊은 뜻을 나의 것으로 할 수 있다면, 우리의 삶의 의미가 달라진다.

어린 왕자

생각하는 힘: 진형준 교수의 세계문학컬렉션 96

펴낸날	**초판 1쇄 2023년 12월 29일**
지은이	**앙투안 드 생텍쥐페리**
옮긴이	**진형준**
펴낸이	**심만수**
펴낸곳	**(주)살림출판사**
출판등록	**1989년 11월 1일 제9-210호**
주소	**경기도 파주시 광인사길 30**
전화	**031-955-1350** 팩스 **031-624-1356**
홈페이지	**http://www.sallimbooks.com**
이메일	**book@sallimbooks.com**
ISBN	978-89-522-4735-3 04800
	978-89-522-3984-6 04800 (세트)